幻境之镜

MIRROR OF THE LAND
OF ILLUSION

麓麓 著

上海文艺出版社

我于三周前订的《幻境之镜》终于到了，这本书之所以难买，全因今年年初的一则新闻——魔伊科技图书药业的董事长A先生去世了，他在遗嘱上说，请将他一直秘存的、由艾摩希依丝撰写且自己补录的传记公之于众。据称这么做会毁了魔伊药业，股东们和A先生的妻子曾极力反对，但新接任董事长的B先生在获得伯父支持后，印制了五千本纸质书，并附赠第一代魔伊幻境剂作为限量怀旧版发售，售价50000古森，几天内便销售一空，于是趁热打铁发布了普通纸质版，附赠第五代魔伊幻境剂，售价8000古森。

我听朋友说，在近期的旧货市场中，那些早已无人问津的第一代幻境剂水涨船高，就连第二代，若把所有日夜都凑齐也价格不菲，哪怕是单独的日夜剂也超过了第五代价格。

8000古森将近我一个月的生活费，但考虑到此书可能对我的论文大有帮助，我决定开源节流，一天只吃一顿饭、把手机停掉、每周写篇故事大纲卖网上。我一直没阅读有关这本书的任何信息，不希望那些评论干扰到我的思路，我隐隐觉得，这本书会让我的论文充满原创性的分析与见解。

我的论文题目暂定为——科技药业与当代文艺复兴的关系研究。寝室桌面上横七竖八地堆着《梦境科技研究》《幻境科技导论》《魔伊科技图书药业的崛起》《探秘艾摩希依丝》《后屏幕时代的文学衰落》《幻境时代的影视衰落》《幻境主义的叙事模式》《幻境剂下的再创作》……

如今又多了这本《幻境之镜》。我将塑封膜拆开，从书口取出一管青色羽纹琉璃瓶搁到旁边，在座椅中左腾右挪出一个舒服的姿势，翻开了崭新的封皮——

幻境之镜

艾摩希依丝 & A
著

魔伊图书集团

Contents
目录

1 再版前言

1 独角兽

15 ——启动幻境项目

37 凡瑞泰尔镇

55 ——理想主义

71 水月之夜

91 ——假死

113 吉哈诺病毒

129 ——追梦反击

147 仿真人

163 ——召回第三代

185 食人飞蚁

199 ——墓

223 天堂B瓶

再版
前言

———

  凡服用过魔伊幻境剂的人多多少少都听说过艾摩希依丝的名字，可除了她是名封闭妄想症患者外，人们对她并无所知，不了解我父亲如何从她那里研制出魔伊幻境剂，也不清楚他们之间发生过什么。

  在父亲的遗嘱中，他不仅要我将艾摩希依丝的传记大白于天下，更要我把他内附的回忆和资料一并公布，其分量甚至超过了艾摩希依丝所写的部分。可以说，这是魔伊药业开创时期并不那么光彩的一段历史，"但只有正视它才会给我新的动力"。

  随着这本书的热销，我决定将父亲在高幕郡四段的故居开放，并在艾摩希依丝当年住过的"疗养室"展出她的病床、书架、书桌，以及她穿过的衣服、用过的餐具、涂鸦过的画册、书写过的纸张……我们还会在周围修建主题乐园，并配备一流的封闭体验室，提供专业的服务设备，在准确的时间点派发新鲜美味的食品，让大家能够安全无误地还原出艾摩希依丝的幻境。

  我们药业在接下来的发展里，会着重开发收割二度幻境的仪器，以及二度幻境的存储与共享技术，敬请期待。

B 先生

CHAPTER 1

 独角兽

Unicorn

独角兽

CHAPTER 1

小时候我就知道自己与别的孩子不同，每当我听到汽车飞车的笛鸣马达、天幕屏和其他电子屏幕的嘤嗡声就会呕吐；如果霾持续三天以上，世界会变得淡然无光，渐渐只剩下轮廓，令我分不清楚眼前那一团团波浪究竟是妈妈的发型还是窗外的云朵，好在霾结束后我又会恢复视力；我的眼内若出现五十个以上的人，我就会鼻血不止，记得有次妈妈带我去动物园看仿真犀牛，园内人海涌动，最后以我输血三天而告终。因此，我只能待在家里，不能上学，不能去游乐场，连去医院也有问题。

我爸爸是建筑工程师，妈妈是绘画老师，据说很久以前那都是人们敬仰的职业，可如今他们的工资也仅够我们勉强度日。自从认识了Z医生，他帮我们申请到一笔生活补助金，是妈妈工资的两倍，妈妈便辞了工作在家陪我。后来我们搬了家，从城市搬到了一片古老的橡树林边缘，那里的木屋还是爸爸设计建造的，我发病的次数也似乎少了些。

我没上过学，是妈妈教我识字、阅读、书写，让我不至于成为文盲。由于我去医院看病不方便，所以总戴着一个特质头盔，方便Z医生远程监控。即使如此，一旦发现我有异样，妈妈还是会马上与他联系。

Z医生有时会来家里为我诊治，爸爸妈妈对此千恩万谢，我却很讨厌他。Z医生有张大方脸，秃顶，眼睛小小的，戴着金丝边眼镜。他说话总压着嗓门，语气透着种不容质疑的坚定。每次他来，都会带一堆奇形怪状的仪器，挨个儿插在我的头盔上。

Z医生的医术并不高明，不然为何我的病总没好。可我最讨厌他的原因是，每次他来，我的宠物都会莫名其妙地死去。先是鹦鹉多多，之后是兔子慕斯和短毛狗麦尔。我怀疑是Z医生出于某种不可告人的秘密谋杀了它们，因为麦尔死去那天他就在我家。我曾把得出的结论告诉妈妈，妈妈却不以为然："这是巧合，Z医生不是那样的人，他为什么要谋杀你的宠物？他没理由这么做。"

"可他每次来，我的宠物都会死。"

"孩子，这只是巧合，你也要想想自己是不是忘了喂食了，或者它们吃错了东西，你不是说慕斯后来一直腹泻，还拉出了一只半死不活的双头蜗牛吗？"

也许吧，但我还是把宠物们的离奇死亡归咎于Z医生的到访。

"一会儿Z医生会来，你要有礼貌一些。"妈妈一边整理着茶几一边交代。

"可我不想见他，他会杀死尤尼克的。"我望了眼窗口。

立在窗边的尤尼克似乎听懂了，踏着蹄子哒哒走来，躬身蜷伏在我的腿上，我抚摸着它洁白如雪的鬃毛，它眯着眼把头抬了抬。

"小心尤尼克,你的角差点划到我了。"我用指尖触了触它那有着贝壳质地的犄角,轻轻拨弄着一圈圈稠密的螺旋纹,"妈妈,尤尼克也说它不想见Z医生。"

爸爸走了过来,摸着我的头盔说,"孩子,不要这样,我们要有感恩之心,是Z医生一次次送来了牛奶面包、肉食和水果蔬菜,没有他,不仅你要饿肚子,连我们也会没有吃的。他不会伤害尤尼克的,尤尼克也要吃东西啊。"

我低头望着尤尼克额前的鬃毛,不由叹了口气,"都怪我,要不是我一直求你们买宠物,食物本来是够吃的,可如果尤尼克死了,我们哪里还有钱再买宠物。我现在只有它这一个朋友了。"

正说着,只听门铃叮咚一声,妈妈忙放下抹布招呼我去门口跟Z医生问好,我却一把抱起尤尼克,冲回我的房间,砰的从里面锁上了。

那边门开了,我听到了Z医生沉沉的嗓音和爸爸妈妈的问候声,然后一阵低语,大概是爸爸妈妈解释为什么我没去门口迎接他,他们一定在说我闹脾气不懂事。可干吗要让他来呢,我这病治也白治。我竖起耳朵,捕捉着门外的动静,生怕他们往我这边走来。过了片刻,脚步声重又响起,离我越来越近,我看到门缝地板处的几条影子如平放的折扇般扫过,随后传来了另一间房门的关闭声。

我松了口气,"嘿,尤尼克,别害怕。"然后搂住它的脖子,吻了吻它的鼻尖,"我会好好保护你,不让你离开我的。"尤尼克眨着蓝色的大眼睛,伸出舌头舔舐着我的脸颊。

我想起在麦尔死后,我成天求着爸妈给我买一只独角兽,可总被他们拒绝。那段时间可真无聊,餐桌上没有面包,壁炉里没有柴火,我穿着一层又一层毛衣棉袄,双腿套进厚厚的裤管里,可还是浑身打摆。妈妈常裹着件粗大的毛衫蹲坐在厨房一角,捣着杵臼,沉浸在旧石器时代般荒凉单调的敲打声中。而窗外,屋前的草坪也是稀疏干黄,橡树的叶子被寒风吞噬着,一点残渣都不剩。

直到新年前夕,爸爸才背回不少好东西,有他在,家里顿时显得拥挤起来。那天晚上,炉火烧得虎虎生风,噼噼啪啪炸出火花,地毯变得厚实温暖,驯服地卧在脚下,连木桌的纹路也比以往连绵起伏、蜿蜒流长,像一条条沙丘的脊背。而桌面上那些惊恐万分的大眼睛节疤,如今看来不过是停下步子打盹儿的乌龟,真没必要为它一惊一乍。

为庆祝新年,爸爸登上梯子给房檐绕上了彩灯,一点亮,就仿佛酸酸甜甜的糖果在夜色中闪闪烁烁。而厨房间一片云遮雾罩,妈妈系着围裙,正把案台上的食物指挥得团团转,让汤锅、蒸锅和平底锅忙得不可开交,烤箱则神秘莫测地一言不发,暗自许诺着一个香喷喷的心愿。

等饭菜吃完,大家都筋疲力尽、大腹便便。为了消食解闷,爸爸还从储物间取出了奶奶的那把歪了弦的小提琴,支上谱架,斜着脑袋为我们嗞嗞啦啦地奏了一曲。真难以相信妈妈当年是因为它才爱上了爸爸,在我听来,那简直像一个浑身酒气的醉汉走在坑坑洼洼的土路上,高一脚低一脚地东游西荡，迷失了回家的方向。爸爸结束时深鞠一躬，我和妈妈挺直胸膛，煞有介事地鼓起掌来。

午夜的钟声敲响了，新年到了。"快许个愿望！"妈妈拍着我的肩头催促道。

我盘腿坐好，双手合十捧在胸前，"我想要一只独角兽。"

爸爸妈妈不觉相视一笑。

第二天清早，我发现屋门口放着一个粉色方盒，扎着海蓝色的蝴蝶结，上面贴了张标签，用端秀的字体写着"新年快乐"。耳朵凑上去细听，盒子晃动着嗤嗤啦啦作响，我便一把撕开包装纸，揭开盒盖，里面果真卧着一只独角兽。我小心翼翼地把它从盒中抱出，它显然还很认生，腼腆害羞，依偎在我怀里一动不动。我冲着爸爸妈妈大喊，"独角兽！"

爸爸妈妈走近盒子，弯下身道，"这回你可要好好照顾它啊，别忘了喂它吃东西。"

我点点头，目光根本没法从它身上移开。

妈妈说，"给它起个名字吧。"

"叫什么好呢？嗯，我就叫它尤尼克。"

尤尼克站起来到我的腰那么高，白色的皮毛短而光滑，脖子上的长鬃随着浅促的呼吸微微起伏。它的脸庞狭窄，双耳俏立，睫毛弯出月牙的弧度，眼睛中则藏着一汪缱绻的湖水。

第二天，尤尼克变得活泼很多，妈妈做饭的时候，它绕着妈妈的双腿转前转后，妈妈画画时，它悄无声息地溜过去，叼起一支染着翠绿颜料的画笔撒丫子就逃。爸爸下班回家，它便谁也不理，只跟在爸爸屁股后面，连他上厕所都不放过。

但尤尼克最喜欢站在窗口，我常看到厚厚的窗帘蓦地拢起一大团，垂下的花边露出四只雪白的小蹄，我走到它近旁并排站着。玻璃窗外，雷声正在云层间翻滚，好像苏醒的公狮甩动着蓬勃的鬃毛，针脚细密的雨丝穿透苍茫凄清的空气，让小草在大地的掌心不安地萌动，橡树的枝杈从沉默的深棕中浮出热闹的黄绿。尤尼克翕动着潮湿的鼻翼，眨着眼睛，用舌头舔舐着落满雨滴的冰凉窗面，交错的雨痕仿佛一张不规则的网，分割着窗外的景色，它歪着脑袋看了许久。

第三天醒来，当我和尤尼克一同望向窗外，只见绿色正铺天盖地地涌向木屋，木屋也开始生根发芽，轰轰烈烈地长出花草，长出枝杈，还长出了一个带圆形窗户的新房间。春风吹过，那新房间的屋顶又长出三根高低错落的红砖烟囱，轮流冒着五色云彩，有一朵云彩下方长出了知更鸟窝，三颗莹洁光滑的蓝色鸟蛋紧紧嵌在里面……

尤尼克变得躁动不安，不是踢翻牛奶盒，就是踏碎饼干，还把我的画本叼走，边沿咬得像邮票四周的纹路。它头一甩把本子抛到了角落，又蹦跳到大门前，抬起前蹄挠拨门缝，用犄角咯噔咯噔顶着门锁，我知道它想出门。出门。

砰砰砰，门响了。

"艾摩希依丝，把门打开，今天得送你去医院。"

是Z医生的声音。我装作没听见，紧紧搂着尤尼克的脖

独角兽

子,然而,钥匙忒忒嘞嘞插进了锁孔,房门吱呀一声开了。Z医生拎着医药箱说,"艾摩希侬丝,我要带你去医院,你已经很久没有体检了。"

我避开Z医生的目光,直望着他身后的爸爸妈妈,"我坐不了车,看不了那么多人,闻不了那些味道。"

Z医生径直走进来,将医药箱放在我的床头柜上,然后拿出一把装有黄绿色液体的注射枪,眯着眼睛细细核查着刻度,"你放心,一路上你都在睡觉,感觉不到的。等你醒来,你就在医院的房间了。"

我立时紧张起来,盯着爸爸,"你们去吗?"

Z医生将头转向爸爸点了点,爸爸怔了下,然后哦了一声,"去,我们都去。"

"尤尼克也能陪我去吗?"

Z医生笑了,一脸和蔼地走过来,还轻轻拍了拍我怀中的尤尼克,"它也一起去。"

我警惕地注视着Z医生那长满汗毛的指头揉捏着尤尼克柔软的后颈,哪知啪的一声,当我感到臂膀酸疼时,周围的世界已然颠三倒四,我的身体变得绵软轻盈,眼前泛白。恍惚之间,我看到了爸爸妈妈担忧的眼神,尤尼克惊恐的眼神,还有Z医生那藏在镜片后的眼睛,他在盯着我,目光还是那样坚定不移。

当我醒来时,我发现自己躺在透凉的地板上,有盏长条灯在上方白惨惨地亮着。我以前没来过这儿,这是哪里?爸爸妈妈呢?我挣扎着抬起身,听到背后传来唧唧哝哝的呻吟，转身一看，是尤尼克。还好尤尼克在，还好它在。我打量着四周，除了灰墙，这里连一扇窗一扇门都没有。

又是一阵呻吟。"尤尼克。"我移至它的身边呼唤着，手放在它的脖颈处抚着顺着，它的呼吸变得急促，眼睛半睁，露出蛆虫似的一截眼白。"尤尼克，你怎么了？"它的样子跟麦尔死前一模一样。Z医生……

我顾不了那么多了，冲着四壁喊叫起Z医生。我要见他，只有见到他，我才能见到爸爸妈妈，尤尼克才能活下去，只要Z医生答应让我见爸爸妈妈，答应救活尤尼克，哪怕在我头上戴三个头盔，插二十根管子，接无数仪器，我都同意，可是——Z医生在哪里，门又在哪里？我跑近一堵灰色的墙，使劲拍着，"有人吗？放我们出去，我要见爸爸妈妈！有人吗？爸爸妈妈！Z医生，放我们出去！"空气中弥散着各种药剂有棱有角的酸涩味，使我的嗓音在这空荡的房间听上去更加病态。

就在这时，左边的那堵墙裂出一个四方的门，从中间分至左右，外面黢洞洞的，一架铺着白单子的空病床从黑暗中显现，后面跟着身穿白衣的Z医生。他把病床呼琅琅推进来后，门立即自动关上，严丝合缝地消失了。病床的轮子被刹住，房间顿时安静下来，长条灯微弱的呜呜声在头顶抖颤。

"我的……爸爸妈妈呢？"

Z医生握着床头栏杆，眼睛定定地望着我，"你很快就能见到他们，但是你要听话，配合我的治疗。"

"我什么都答应你，但请你救救尤尼克，它快死了。"我跑回尤尼克身边，抬头对Z医生说，"它眼睛都睁不开了。"

Z医生看着病床示意道，"把它抱上来。"

我将尤尼克抱起放在了病床上，Z医生按动床边的一个银色按钮，两组弯曲的钢条从床两侧喷嘭嘭升起，将尤尼克扣上后又紧紧缚住。"请帮帮它。"我急切地说。

Z医生一言不发，慢悠悠打开了那个我熟悉的白色医药箱，但他拿出的既不是针管也不是药剂，而是一把刀，一把带锯齿的做饭用的长柄刀。Z医生抬眼冲我微微一笑，"还是帮帮你自己吧。"

"帮我……"

"对，帮你。"Z医生斜着脸用下巴指着尤尼克，"只有它死了，你才能康复，才能见到你的爸爸妈妈，你不是很想见到他们吗？"

我点了点头，又惊慌失措地摇了摇头。

"说吧，要它怎么死？"Z医生把刀尖贴近尤尼克的左后腿，然后顺着筋骨肌肉的走向慢慢往腹沟滑动。

我的左腿和腹部也开始隐隐作痛，仿佛那里正裂开细长的口子，让血与肉由内翻出，"我不要尤尼克死！"

"嘘——小点声，真是个没礼貌的孩子。看，尤尼克都比你安静。"

那刀尖已经移过尤尼克的腹部并在它胸口处停了下来，我看到那洁白柔软的胸口正微微起伏，似乎大点儿的喘息就会让它被刀尖刺破。我的心在扑通通跳，双手颤抖着攥成了拳头，我多希望自己强壮无比，能从Z医生手中抢下那把刀,然后逼他放我们回家,离开这里。

就在此时,Z医生把刀从尤尼克的胸口拿开了一小段距离,笑着说,"当然,这全凭你的选择,如果你不让它死,你就再也见不到你的爸爸妈妈了。我现在就可以放开它,再给它来一剂强心针,你可以永远跟尤尼克留在这儿,倒也是个不错的选择。"

"不……我要爸爸妈妈……"我一边啜嚅着,一边望了下尤尼克,尤尼克仍旧半闭着双眼在低低喘气。

Z医生心满意足地笑了,"这才对啊。"说着,又把锯刀贴近了它的胸口,并沿着脖颈一路向上,"如果我是你,我也会这么选择。艾摩希依丝,你说我从哪里开始好呢?"

那刀正经过尤尼克的下巴和嘴唇,沿着长长的鼻梁往上行进,我的身体却不住地往后退着,跟跟跄跄跌倒在地。

Z医生握紧刀把立起刀刃,用另一只手按住尤尼克的鼻梁,"还是在这里吧。"说着,他收起笑容,一点点锯起来,那副认真的神情仿佛是在自家厨房的案板上预备一顿可口的晚餐。

尤尼克顿然有了力量,开始蹬踢踢踢,病床也咣当咣当地剧烈震颤。也许尤尼克能挣脱束缚?我不由期盼着——也许它马上就能从病床跳下,将犄角刺向Z医生,将他刺穿……

但尤尼克只是发出了惨烈的嘶鸣,一声比一声沙哑破碎,我知道它的蓝眼睛一定睁得滚圆,一定变成了红色,因为有鲜红色的液体正顺着床沿、顺着Z医生的衣角淅淅沥沥流到地上。我向左边的那堵墙连滚带爬而去，歇斯底里地用指甲抠抓着光滑的墙壁，我只恨指甲不够尖细，无法探测到那些肉眼看不见的缝隙，不能找到打开大门的关窍。

过了许久，病床终于没了响动，深渊般的寂静中，我扭转头去，只见一枚沾满红色的犄角掉在了血泊里，一只粗大的手从病床后面伸向那血泊，拾起了它，开始接床边滴答流下的血液。直到血液涨满溢出，Z医生才直起身子，把犄角端到嘴边品咂起来，眼中浸着满足的愉悦。

爸爸妈妈……你们怎么会相信他，怎么会把我交到他手里，还要我对他心存感激？你们肯定想不到是他杀了尤尼克，想不到他会这样对我。

"你也喝一口吧，艾摩希依丝。"Z医生扬起眉毛，蹚着血泊绕过病床。

我靠墙坐着，地面凉如坚冰，看着Z医生一步步走来，我紧闭眼睛侧过脸去，努力回忆着我的家，回忆着爸爸妈妈，还有在书本画册间跳跃的尤尼克。我对自己说，只要下次睁开眼，我就在那橡树林的小木屋了，什么都没发生过，这一切都是假的，是噩梦，是幻觉。

我感到呼吸再也喘不上来，十根指头生疼，而脑袋里漫溢着浓烈而滞钝的瘴气……

CHAPTER 2

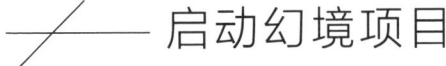启动幻境项目
LAUNCHING LAND OF ILLUSION PROJECT

启动幻境项目

CHAPTER 2

我曾经体验过这场面，Z也体验了，因为我们都服用了由它制作的代号为18123·B瓶的样品——简称尤尼克B瓶。我记得Z从封闭体验室出来后扶着墙打晃的样子，他还说，"A，我是个医生，早就不怕刀和血了，可这……太恐怖了，我都能看到自己狰狞的脸，还有我的手背，每根汗毛上都沾着鼓囊囊的血滴，每一颗都清晰可见。"

"那是因为我们体验到了她的心境，体验到幻境里饱含的恐惧。"我当时这么对Z说。

Z是我的朋友，也是我的老同学，我们都曾在里奥尼诺姆大学念书，当时Z攻读精神医学专业，我攻读神经制药专业，我们又都辅修了梦境科技专业。梦境科技专业那时兴起不久，连尤耐沃斯提大学那样的名校也开设不过五年，我们学校是第二年开设，因而相当火爆，申请修课稍晚一步就会满员。

我修它多半是因为好奇。其实在认识Z之前，读书上学于我而言没什么滋味，当我还是孩子的时候，我就感到不论我怎样努力，都不可能像父亲、像我的异母兄长那样跻身于佼佼者的行列。我知道有人在背后说，我的平庸无疑来自于曾作为父亲的护士、后来成了父亲第二任妻子的母亲。以父亲的能力，我本可以被最一流的大学破格录取，但我向母亲坦言，我愿意选择里奥尼诺姆大学，因为在这里——这个凭我能力考上的地方——我不至于显得愚笨。

刚上大学那会儿，我不是按部就班地上课做实验，就是加入学校社团活动，再不然参加各种派对或约女生烛光晚餐，日子过得轻松自在，而我是罗特药业董事长小儿子的身份也让不少同学高看一眼，我终于体验到了从未有过的自信。

我和Z是在一次梦境科技学术研讨会上认识的，当时在一位教授演讲后的学生提问环节中，我手握话筒侃侃直言了对梦境科技的看法。

"众所周知，梦境科技的兴起基于后影视时代的各种问题，虽然虚拟现实电影在技术方面早就成熟，但叙事上困难重重，影片主人公的视阈重心并不能与体验者完全重叠，即便情节走向有很多，也无法和体验者的情绪、情感、心理活动准确呼应，所以脱离屏幕、依赖于神经系统的梦境技术才应运而生。可我觉得，梦境技术是个死胡同，技术本身没问题，无非是采集梦境制成药剂，让服用者在睡眠中感知另一个人的梦境。但梦境有它的先天不足，它虽然有想象力，但大部分没什么逻辑，呈像也不清晰，到处是东拼西凑的模糊碎片，偶尔有某个片段呈现出一点儿逻辑性，也构不成相对完整的故事，这条路根本行不通……"

那位教授当即有些着恼，没等我说完就开始反击，言语中塞满了我半懂不懂的学术行话,他一连抛出几个问题,会场顿时鸦雀无声,只有灯管和屏幕在嗡嗡作响。我窘在那里,正不知如何回答,那教授劈头盖脸一通质问,并偏离论题转而攻击我本人——"科学不是说大话,科学讲究的是严谨的学术态度!如果你还没有修完全部课程,如果你连门都没有入,就以为自己可以质疑这个、质疑那个,那我劝你改读文学专业,听说那里正愁收不到学生!"

我听到叽叽咯咯的笑声,看到形形色色的脑袋从四面八方转向我,津津有味地欣赏着我如何在那教授的咄咄逼人中自乱阵脚、败下场来。我不禁后悔刚才的冒失,干吗没事儿找事儿、吃饱了撑的,让人这样当众羞辱。看那教授再刹不住嘴,我更一肚子怨愤。如果他知道我是谁,他绝不敢这样,说不定他的什么科研项目就是我父亲资助的,只要父亲一句话,他从今往后再别想和我们罗特药业合作!我想象着他事后知道自己得罪了我的样子,想到他会私下跑来一边乐呵呵打圆场,一边拍着我的肩膀说,"小伙子,还年轻,只要努力将来必有成就,超越我们那都是指日可待的事。"想到这儿,我便有种痛快的报复感,仿佛我的身份真能立竿见影地证明那家伙虚弱的人格、低下的嘴脸,但我不会那样做,所以他永远都不知道,他应该感谢我的宽大为怀。

周围又爆发出一阵笑声,有个鬈毛从前排扭过头来,冲我挤眉弄眼,还龇着满嘴的龅牙。我第一次发现里奥尼诺姆大学的学生竟如此不堪,我当初真不该放弃尤耐沃斯提大学来和这群人为伍。我很想拔腿就走,但我忍住了,那只会使我看上去更蠢。

我支支吾吾向教授解释说，我表达的不过是一些粗浅的看法，随便讲讲而已。可那教授不依不饶，根本不顺着我给他的台阶往下走，继续说道，"那你就要先年复一年地刻苦学习，把所有理论都吃透，不要以为大学里就是混日子，闭着眼跷着脚就能指点江山。首先要有点滴积累，接着循序渐进，然后触类旁通……"

正在此时，一位戴金丝边眼镜、头发稀乱的瘦脸学生走到了右边的过道处，伸手示意我把话筒传过去，然后他站在那里，用低沉而坚定的嗓音支持了我的观点，并把教授的话拉了回来，有理有据地进行了反驳，还提出了自己的主张。那位教授倒没打断他，只是一面听着一面摇着头似笑非笑，等那瘦脸学生说完，教授漫不经心地望着自己桌上的屏幕，抬起双手一边鼓掌，一边冷冷道，"收割幻境？从没听说过，希望有朝一日能见到你说的什么'幻境剂'。"主持人慌忙接过话头，让大家对教授的演讲表示感谢，然后引导下一位演讲者入场。

那个瘦脸学生就是Z，我们在学术研讨会结束后就成了朋友。也是在那天，我们正式启动了幻境研究项目。

在后来的一次次讨论中，我和Z逐渐将目光聚焦于那些带有幻想症的精神病人身上，我们跑了几十家围着高墙电网的精神病院，没日没夜地做实验、采集样本，看哪一种病人的幻象最具逻辑性、呈像最清晰。头一年，我简直着了魔，连女朋友都说我变了，电话也不接，信息也不回，就算是和

启动幻境项目

CHAPTER 2

她出去约会也总心不在焉,像在想事情又不像在想事情。

慢慢的,我的情绪起伏越来越大。项目顺利时我会神采飞扬,嘴里莫名其妙就哼出几句歌,或扭着屁股蹦跶两下,全然不顾别人的眼光。而项目不顺时,上课、实验、约会、派对,甚至连吃饭睡觉我都嫌烦,更不愿听其他同学提起"幻境"两个字,仿佛他们在揪着我所羞耻的东西不放,又仿佛他们玷污了我所珍视的圣洁之物。好在 Z 总会把我带出谷底,让我看到新的思路,让我能再次信心满满地进入新一轮的"顺利"阶段。

两年半后,我们终于锁定了一类叫封闭妄想症的病人。这类病人对外界环境极端敏感排斥,处于外部空间时会发生呕吐、眩晕、失明等症状,只能生活在相对封闭的室内。他们幻想时既能看到房间里的东西,也能跟人交流,只要别人顺着他们的幻想,一般不会疯癫发狂。在他们的幻想中,一个杯子可能是一座烛台,他们坐在椅子上会以为自己坐在房顶上,他们围着桌子来回跑会以为是在街道奔走。虽然故事性也不强,但起码从头到尾都是有逻辑的、完整的,没有东拉西扯的碎片,在情绪激烈时,还有种老式电影特写镜头的视觉效果。而且,服用样品的人只要在一个安全的封闭空间,也会随着他们的幻境做出各种动作,其体验性远比梦境真实。

我们在毕业项目里做了展示,让评审委员会的委员们服用了我们研制的药剂。我们当时真的以为我们的研究成果走在了学科前沿,我们定会在造境界崭露头角、一鸣惊人。

然而项目验收时,我们收到的评委会结论是这样的——

💬 评审委员会评语

● 根据研究报告可以看出,从封闭妄想症病人身上采集样本的过程具有以下缺陷:

1. 封闭妄想症病人的病症首先是封闭,其次才是妄想,封闭的症状是持续的,妄想的症状是偶发的。在如何触发造境这一问题上,幻境技术和梦境技术一样困难,甚至更困难,因为梦境可以采自于任何人,幻境却仅仅局限于特类病人。

2. 封闭妄想症病人造境的重复性极强,更新性几乎为零,这可能与病人的封闭性症状有关,病人对外界的排斥使他们无法在脑中输入更多的造境素材。

● 根据服用药剂的效果来看,从封闭妄想症病人身上采集的样本具有以下缺陷:

虽然有了一定的逻辑性和更高的画面呈现度,但缺乏想象性,素材几乎是周围环境的重置,并没有出现一些非现实的、引人入胜的画面,其原因应同上述第 2 条相关。

这寥寥评语竟全盘否定了我们五年来的研究成果,我们连顺利毕业都成了问题。父亲对此不置一词,我也不好找他托人通融,母亲却安慰再三,让我不必在意,可我知道,这件事一定会被家里的某些人当作茶余饭后的谈资，我甚至能想象出那轻蔑的笑容和讥讽的话语。

Z一拳捶在我的肩膀上，"去他们的，管别人怎么想，虽然我们被判失败了，但更让我有一种……一种悲壮感，我们虽然像被宰杀的畜生一样让人批得体无完肤，但你得明白，我们不是被送上了你家的饭桌，而是被供上了祭坛。我们一起涉足、一起开辟一片前所未有的科学领域，这比什么都重要。"

可我再也无法振作起来，我无法像Z那样。Z虽然也感到沮丧、受到重创，可他更相信自己的路，并不把评审结果太放在心上。我却不行，我需要那些评委们对我这五年来的努力作出肯定的评价，然而他们让我有点想自杀，不是真正意义上的自杀，而是我有种强烈的幻灭感，内心什么东西轰然倒塌了，如垃圾场般狼藉一片、分文不值。我不禁自问，这五年来的日日夜夜到底是为了什么。

我开始回避Z，白天总拉着窗帘在沉闷的寝室里躺着，将一根又一根西格特摁灭在烟盘中。校园还和往日一样躁动，时不时有几声欢笑叫喊沿着正午耀眼的光线从窗缝挤入，唆使满屋浮动的蓝烟同它们沉瀣一气。我发现，躲在没人处无济于事。

之后的某天晚上，Z于校舍后山的拉科克酒吧找到了我，在灯红酒绿的旖旎乐声中把我从女朋友的双臂间拽了出来，直拖到门口才松开。我立在门外的墙边，看到一束橘莹莹的光线罩在旁边几个人的脸上，他们在酒精的作用下眼神荡漾，仿佛戴着软陶面具，上面刻着魔术师式的戏剧性假笑。门一开一合，有恣意的喧闹汩涌而出。

"你到底是怎么了？"

我也佯笑着，一言不发。

Z等了半天，"A，我发现你并不懂这五年来你选择了什么，我告诉你，你选择的本来就是条孤独的、充满挫折的路，现在的结果再正常不过了。你是不是觉得不值得？"

我用舌头顶着大牙的齿尖百无聊赖地磨着，半晌，才松开了牙齿，"我也实话告诉你吧，告诉你我的家族是怎么看我的。"

"你管别人怎么看？"

"可他们不是别人！"

看Z不说话，我接着冷笑一声，"平庸。无能。蠢笨。"我用手指戳着胸口，"原本我也这么认为，但我有自知之明。"

"这点'自知之明'对你有个屁用！你要……"

"可就是认识了你，我开始感到自己不是那么一无是处，我有我擅长的领域，我发现了我的天赋，我有才华、有梦想、有实干的精神。"

"这很好啊。有什么问题呢？"

"可你看看现在！"我的声音不知不觉高了起来，正往门内走的几对男男女女扭头瞅了瞅我，又互相递着搬弄是非的眼色，发出嘻嘻窃笑。这笑声让我想起了我和Z认识的那天，也是一样的笑声、一样的怪脸，我又想起了那个教授，又仿佛在讲台后方的大屏幕上看到了那张厚阔的脸,两只肿眼泡挤在鼻子上方,嘴唇被他过快的语速和刻薄的语调磨得又扁又平。

Z换了一副轻松的口气,双手一摊,"现在怎么了?现在也没什么大不了的。"

"现在我失败了……我的失败证明了那些人是对的。我真的是一无是处,但我比五年前更惨,至少那时候我还可以安之若素地待在一无是处里。或许不走这条路,我本来还能顺利毕业。"

"你不是一无是处。你为什么那么在乎别人的看法?"

"因为我被他们打击了太多次。"

Z笑道,"打击。那你知道我是怎么被打击的吗?我从小就被骂作蠢货、书呆子、母猪生的。是我爸,他还砸了我唯一的奖杯,那奖杯是我以前最珍视的骄傲。"

我梗在那里,不知该如何回应,因为自己的那点儿痛苦相较之下显得轻飘又可笑。

Z继续道,"这算好的了,我还天天挨揍,鼻子哪天不流血?牙齿都被打掉过三颗。那时候一听到我爸下班回来的脚步声就心惊肉跳,祈祷他千万别揍我。要骂就骂吧,他骂我时,我就死死盯着我脚上的破球鞋,心里一句一句回骂他,没什么大不了的,等他骂完了,他自会让我滚蛋,我就能关起门在屋里捣鼓我的东西了。我有我痴迷的东西,什么都别想把我打趴下。"

我没说话,只感到胸中憋闷,我发现当我面对一个更惨的人时，我的痛苦非但不能减轻，反而越发无处宣泄。

Z平静下来，淡淡地说，"A，没关系，我们换个导师们都能接受的选题，毕业根本不算什么，无非是延期罢了。"

那之后，我们换了选题，一晃三年过去，最终也都拿到了学位。毕业典礼前那些天，我和Z常聚在拉科克喝酒聊天，回顾我们这些年来的校园生活和学业所获，他问我接下来想做什么，我说我预备回到家族药业，听从父亲的安排。他说他打算做一名精神病科的医生，但他又说，他绝不会放弃幻境项目，哪怕没有采集收割设备，他也会坚持下去，他还说，"执著梦想本身也是一种努力。"为了他这句话，我动用了母亲——里奥尼诺姆大学生命科学系奖学金资助人——的关系，花了8300000古森从学校实验室买下了那台曾被我们改装过、一次能制出双份药剂的采集收割设备，作为毕业礼物送给了Z。Z接过这份礼物时，我看到他镜片后的双眼肿胀着泪水。

毕业后，我们就此分别，刚开始他还常与我联系，然而慢慢也就不明不白地中断了。转眼就是七年。

可突然有一天，我又收到了Z的邮件。

✉ Z的邮件

A，近年来我发现了一个封闭妄想症病人，非常独特，她的幻想每次都会出现不同的内容，我第一次采集到的是一只鹦鹉，一年后她又造出兔子，半年后又造出了狗。你还记得那些封闭妄想症病人

启动幻境项目

在幻想结束后会出现短暂失忆的事吗?这个病人不是,我听她父母说,以前她在幻想结束时会忘掉幻境内容(和其他人一样),但经过收割后,她的幻想还会持续一段时间,一直到造出的那个东西死亡才结束,才回归现实,并且幻境的内容她一直都记得。当我发现这点,我便对她的狗连续进行了两轮采集和收割,制成了 AB 瓶。逻辑性、可更新性、故事性都有了!

别对我说造出鹦鹉、兔、狗没什么大不了的,别对我说她可能见过这些东西所以仍旧是"现实重置"这些废话。今早她父母告诉我,她这次幻想出了独角兽,而且她幻想她们一家生活在橡树林旁边的小木屋。这意味着什么?不光是一个东西,而是整个新的环境——我们苦苦追求的幻想性。我早上进行了采集,如果你想体验这个幻境,一定来找我,我等着你,等你来了我们一起体验。希望你和我一样迫不及待地重启我们当年未完的项目,我需要你的帮助。

地址:低幕郡四段斯莱姆区阿达路 2985 号楼 C 套室·精神病介入治疗诊所

低幕郡不能开飞车飞摩,从我这里到斯莱姆区的地面车程大约有六个小时,我去过两次,都是陪母亲一起去的,因为她在那儿有两个公益项目。斯莱姆区是著名的穷人区,差不多有一半的居民在领政府救济或社会慈善机构的善款，而且犯罪率年年高居榜首。Z怎么会在那儿开诊所？不过我更没想到，Z的一封邮件就让我鬼使神差地抛下了手头的全部工作，似乎它们再不如往日那般意义重大，而我本人也不如往日那般不可或缺。第二日大清早，我就带了一名仿真人助理涉身"险境"，好在他既能当司机还能当保镖。

诊所位于的阿达路周边比我随母亲走访的那些地方要好些，但与高幕郡的景象大不相同。这里的地上楼才三到五层，外立面烟熏似的泛着乌灰，两三处厂楼似乎废弃了，窗户碎裂砖块散落，蚀驳的墙面袒露着红蓝绿紫的涂鸦，像一块块妖艳霉烂的疹斑。居民楼倒是热闹，不仅窗户大门前，就连公共区域的栏杆上都挂着晾晒的衣服被单，干瘪的饮料瓶和残破的塑料袋随处可见。我看到阿达路上开了好几家诊所，此外还有彩票店、旧货店、便利店、饭馆和旅舍，几辆汽车轧着缘石停在街道两边，我便让助理依样在2985号楼前停了下来。

我从午后的澄明光亮中走入浑浊阴暗的楼内，途经的A套室门口被拆得七零八落，有人满身油彩地进进出出，脸上灰扑扑的，想来里面正在装修。B套室的门则全然洞开，门框绕着一块块纸牌饰砖，上方挂着架八边形仪表盘，正中的圆形浮标一半是太阳一半是月亮，周边则镶着圈造型怪异的动物符号和象形图文，一吊吊手工编就的枣色线绳坠在门框，串满了锈迹斑斑的铜钱。我透过这帘子往内探了眼，什么也没看见，但听到有东西噼里啪啦掉落的声音，随后传来女人的沙哑低语。我继续往前走,这才来到C套室的门口,心中只觉好笑,Z的诊所竟开在一家占卜算命店的旁边,简直是对科学的调侃。

C套室大门紧闭,我拧了拧把手,门是锁死的,便按了门铃。门锁咔哒一声,却仍旧关着,我再次旋转把手,这回门开了。前台处有个面目死板的工作人员直挺挺站起身问好,声调有些生硬,可能是个老版仿真人。登记之后她为我打开了里面的一扇门,"沿走道往前,请在左边的3号房间稍等片刻。"

我在诊室一面等待一面打量着四周,这里有张可躺可坐的病床,靠墙放着成人和儿童座椅,旁边有个带橱柜和水槽的桌子。左柜门上贴着张绿色的人体神经结构图,看上去像一株头朝下倒长的水生植物,而右柜门上贴着张大脑解剖图,看上去则像一枚病变的菌菇,我许久没见过这样的贴图了,倒觉得新鲜有趣。

咚咚咚。我还没来得及应声门就开了,进来的身影着实吓了我一跳。这家伙,以前的瘦脸变成了大方脸,脑袋全秃了,膀子也宽胖了。我一边摇着头一边冲他笑,却不知该说些什么。Z咧着嘴,伸开双臂将我狠狠抱住,摇了摇我的后背,"你说说,咱们有多久没见了。"话音还未落,他就塞过来一沓子报告,让我瞬间回到了学生时代,"来,先看看这两页吧,还有这一页。"

我感到自己的嘴角在不住地痉挛,忙把头埋进报告中,掩饰着再次见面的激动,而这报告也让我越读越兴奋。Z说得没错,这个叫艾摩希依丝的女孩果然和其他病患不同,是个特例。

原来艾摩希依丝的妈妈曾是绘画老师,以前会从学校带回一些报废的仿纸类画册绘本,虽然并不多,但也许正是如此,读书看画成了艾摩希依丝生活的一部分。她并不排斥这些,所以能够在"脑部输入更多的造境素材",也就是说,画册提供了画面素材,文字又生成了带有画面感的更加丰富的想象。

"触发造境的问题呢?这个问题有没有什么进展?"我继续翻看着报告的其他部分。

"一点点,她每次造境好像都是因为她家出了些事情,前两次是她爸爸生病住院,可能她感到更孤单了,就分别造出了鹦鹉和兔子。第三次是她爸爸工资降了,她们家缺吃少喝,她就造出了狗。"

"为什么是狗?"

"不知道,也许是为了让家里气氛更欢快一些吧。这一次是她们家付不起房租,搬到了一栋地下公寓,离我这儿不太远,房间比以前小得多,形状还不规则,她就造出了橡树林和木屋。也许这就是触发机制。"

"每况愈下?"

Z笑道,"我给它起了个名字,叫危境效应。如果她们家发生了某种危机,就有可能触发她的妄想病症。"

"那我们能操纵这种触发机制吗?"

"当然可以,"Z将一杯热腾腾的咖啡递了过来,"我是这

启动幻境项目
CHAPTER 2

么想的,用'暂时隔离治疗方案'把她接到这儿,让她离开父母一段时间。"

"你要人为地制造危境?想造什么样的危境?"

"其实离开父母对她来说就是危境,她很有可能会造出父母。你要知道,目前她幻境中的父母是真实出现在她眼前的,不是她想象的,她还没有造出过人。"

"嗯……倒也可行。"

Z把我手中的报告拿开,放在了桌边,"所以,现在我需要你做两件事,但是要快,我不确定这次幻境会持续多久。第一,更新设备,至少收割时一次能制出四瓶药剂。第二,申请你们罗特药业与政府合作的治疗救助基金,马上获得批准文件。关键就是弄到文件证明,这样好把她名正言顺地接来。"

我想了想,第一件事倒还好办,第二件事却有些棘手,那个治疗救助基金虽然在我母亲名下,但具体的经办人是哥哥,即便按照正常流程我也未必能拿到批准文件,若要加急,更需要经过哥哥的首肯。我和他私下往来并不多,突然急头急脑去找他,难免会引起他的好奇,惹得他来关注我的事。我说,"倒是可以申请我母亲在斯莱姆区的救济金,这个容易些,也快,但和治疗不相干。"

Z说,"这简单,那咱们就申请这个。不过你还是得弄一份治疗救助金的批准文件,真假无所谓,只要有钱持续打入账户,没人会怀疑的。"

我犹豫了片刻,但还是同意了。事情办得很顺,一切安排妥当后，我们根据艾摩希侬丝脑电波的信息显示收割了 A 瓶，然后 Z 去了艾摩希侬丝家，将她封冻接了来，又收割了 B 瓶。

我问 Z，"A 瓶时长多久？"

"三天。"

Z 安排一个仿真人护士照料艾摩希侬丝，我们便在两个封闭室放了足够的食物，准备立刻体验药剂，可就在关手机时，我忽然想到得给妻子打个电话，跟她说明其后的三天我要做实验，会切断一切联系。

电话拨通，听筒那边传来蔓如的声音，"……我知道了，做实验就做实验呗，搞得这么神秘兮兮，行了行了，真懒得管你。"挂断手机，Z 冲我挤挤眼睛，我忙说，"真羡慕你这种独身主义者，不用跟我一样。"

Z 乐哈哈地点点头，也拿起了手机。

"……是是是，我已经好几天没回家了我知道，过几天我一定回去。对了，我让你跟一个人说几句话。"他把手机递给了我，压低声音做出口型——"卢雅"。

我瞪圆双眼，接过手机对那头说道，"你好卢雅，我是 A……哪个 A？里奥尼诺姆大学的 A 啊。……哈哈，是啊，我和 Z 又一起搞科研了，这么多年不见，你还好吗？……是，我会好好说他的……不过我请求先把 Z 借给我几天，我跟他太久没见了……好的，有机会我就去，咱们好好聚聚……"挂上电话后我不禁笑道，"卢雅到底还是把你给追到了。你后来怎么没坚持住你的独身主义？说真的，我都没想到你会结婚,而且是跟她。"

Z摇着头苦笑,"我也不能免俗呀。"

"可卢雅刚说,你都好几天没回家了,不要以为人家苦苦追了你那么多年,就不敢跟人跑了。"

Z嗨了一声,"是快跑了,天天都跟我闹呢。这些等以后再跟你详谈吧。拿着,A瓶,祝你体验愉快。"

我掂了掂那个塞着橡胶盖的玻璃瓶子,笑道,"你也是。"

尤尼克A瓶果然是无与伦比的,那种阳光的质地、树叶的婆娑、水滴的击打以及季节的更迭,都与我们当代社会的人造替代品不可同日而语。更别提洁白如雪的尤尼克,会长出房间的木屋,冒五彩云朵的烟囱和倒挂的知更鸟窝,幻境中的某些场面甚至还有种立体主义多视角的感觉。

接着,我们又体验了尤尼克B瓶,我们原本以为,艾摩希依丝可能会在下一轮的造境中造出父母,但没想到她在封冻苏醒过后就直接造出了Z,这比我们的计划快了一步。Z激动地说,再下一步,就是想办法让她造出她从没见过的人,纯属想象的人。

但尤尼克B瓶也出现了一些新情况——虽然"尤尼克"如Z所判断的那样在第一次收割后死掉,可第一次收割后造出的"Z"是否在第二次收割后也持续了一段时间才死掉?

很可惜,我们没料到她会在B瓶中造出人,所以在第二次收割后并没有进行新一轮采集。我们调出头盔感应到的幻想电波记录,但电波指数介于无幻想与幻想之间,我们又反复播放监控录像,观察她苏醒过后的反应,看她有没有做奇奇怪怪的动作,有没有自言自语。我们听到了"爸爸妈妈"、"尤尼克"、"Z医生",可我们更倾向于认为,这是她受了心灵创伤之后的呓语,而非后续的幻境。

此外我们还有一个疑问,如果她将来幻想出多个动物人物,难道在收割过后他们都会以各种各样的方式死掉吗?又会不会出现有些死、有些不死的情况?因此,我们都期待着她的再次造境能够解答这些困惑。

然而艾摩希依丝在见到Z后完全失控,不论Z怎么跟她解释他并没有杀死尤尼克,她都不相信,直喊着要见爸爸妈妈,也没再出现过新的幻境。于是我们把她的房间一缩再缩、让墙壁闪出五颜六色的光、把温度调冷调热、增加各种噪音,希望这些"危境"可以奏效,结果都无济于事。

究竟什么才是危境?究竟如何触发封闭妄想症病人的妄想?我们仍没找到可行之策。我和Z肿着通红的双眼又彻夜梳理了一遍艾摩希依丝的档案,Z一边搓着下巴一边说,"她会不会只有在父母身边才能制造新的幻境,毕竟上次那个只是她在家所造幻境的延续?"

我们沉默了,我们实在不想这么快就放弃,目前的机会太难得。不过Z的话倒给了我一点灵感。

"信任?"我说,"可能是信任,她信任父母,而且她的父母始终让她以为,他们真心相信她说的每句话。"

Z继续搓着下巴,"你说得不错,有这可能。"

"我记得你的报告上说,不论是在造境的过程中,还是

启动幻境项目

造境之前之后,她父母都顺着她的话,顺着她的想象而想象,从来没有告诉过她——这是幻境。"

Z双眉紧蹙,直勾勾地望着两个喝残的咖啡杯沉思了许久,"要真这样倒麻烦了,自从她看到'我'割下尤尼克的犄角后,她见我都捂着耳朵尖叫,她不会再信任我了。"Z抬起眼来,脸上现出少有的沮丧神情,"一直以来她都不信任我。哎,信任。这可是很难的一件事。"

"或许我可以。"我说。

CHAPTER 3

凡瑞泰尔镇
Fairytale Town

凡瑞泰尔镇

CHAPTER 3

我迷失在黑如晶石的水中,既看不到钟表指针的分秒挪动,也辨不清日出日落的更迭转变。无数果壳大小的球体悬在我的周围,它们既互相牢牢地牵制着对方,又小心翼翼守着自己,龟缩在它们色彩迷离的牢笼中。

有一股隐秘的悸动暗暗匍匐着,悄无声息地蓄积着能量,几抹涟漪荡出一层脉搏般浅浅的幅度,又渐渐平缓下去,重新滑入水的杳无声息。一切回归到静止。但就在这宁谧中,那些牢笼裂开了枝形的纹路,散成一絮絮明暗交错的光制缎带,在我周身游走飘荡,骤然间,射出金丝的内核破茧而出,向我的双眼袭来。我想抬起手挡住,却被无数支光的芒刺射中,一片白茫茫,什么也看不见……

"你醒了。"

白光逐渐淡出,先有恍恍惚惚几条横竖的线,几道弯曲的轮廓,然后有了蒙蒙的色块,影现出几则形状,细腻的质地开始铺绘延展。

天花板的顶角,丁零剔透的水晶吊灯,厚重的猩红色窗帘中央裹着一方沉钝的明亮……这不是我家的木屋,我还没有回去。

"你这次昏睡了很久,真让人担忧,不过我现在可算放心了。"他说。

"这是哪儿?"太阳穴在隐隐发酸,我用手指顶住额头。

"这是专门为你安排的疗养病房,以后你就住在这里。"

"可我要回家……"

看我想撑住身体坐起来,那人忙走近几步,伸出双手止住我,"得等你把身体恢复得好一些。"他的嗓音听上去很温和。

"如果我恢复不了,是不是就不能回家?"

他笑了,把被子掖在我的脖子两侧,"那也送你回去,会很快的。"

我打量着他袖口处露出的手腕,裹在白衣里的手臂,挺洁的衣领和衬衫,还有他脸上细致和悦的五官,"你是谁?"

"你的新主治医生,你可以叫我A医生,当然,叫我A也可以。"

"A医生……"我低低地重复着他的名字。

这位A医生看上去三十多岁,长得很像妈妈画册中的某幅肖像,黑色的鬓发,高挺的鼻梁,棕色的眼睛嵌在一张略显狭长的脸上。他依旧温和地说,"Z医生不在这里了,我们发现他对你使用了非常规的治疗方式,已经解除了他的主治医生身份,以后你由我负责。你放心,我帮你安葬了尤尼克,就在楼下的小花园里,和我以前养的狗葬在一起,它不会感到寂寞的。"

一瞬间,那把带齿的锯刀和四处喷洒的鲜血闯进双眼,

凡瑞泰尔镇

就连耳中也尽是病床哐哐当当的晃动声，我抓紧被子，十根手指又开始疼痛。

"他……为什么要杀死尤尼克？"

A医生顿了下，旋而微微笑道，"为了帮你。Z医生的目的是好的，但手段错了。不过他受到了应有的处理，你也不要太怪他。"停了会儿，A医生又说，"你想去看看尤尼克吗？"

可我的眼前仍是一片血泊，血泊当中是那个被锯断的犄角……尤尼克已经死了，它是因为我才死的，我答应过要好好照顾它，但我在它最需要我的时候将它抛弃。可这该怪我吗？也许真的怪我……如果我不要求尤尼克陪我去医院，或许它不会死。如果……如果打一开始我不要求爸爸妈妈送我一只独角兽，如果它不来我家，它也不会死。

我喃喃道，"我没法到户外去，只能待在屋里。"

A医生叹了口气，"可怜的孩子。别担心，虽然尤尼克不在了，可你还有爸爸妈妈，你要振作精神，好早点回家见他们。我保证这用不了很久。答应我，多吃点东西，感觉好些的话就下床走走路。"

我抬头看着他，却发现这个A医生的长相虽然亲切，嗓音虽然柔和，可他的某些眼神语气或者是其他什么地方，竟有些像Z医生。A医生，他真的会送我回家吗……

他拍了拍我脚踝处的被子，"好了，别多想了，你再休息一会儿。我还要去看看别的病人，如果需要护士帮助，就按床边的蓝色按钮，你放心，她们都是些又专业又和善的仿真人。"

我点点头，目送他离开了房间。

门关上后，我四处打量了下，这个房间整洁亮堂，窗大、门大，屋顶有我家木屋两层那么高，墙上贴着细花壁纸，那副织有菱纹的窗帘被拦腰系在两边，窗旁有个小沙发和一个可移动的桌子，而我的病床床头还连着另一张小木桌，桌沿有粉色和黄色的按钮，Ａ医生忘了告诉我这两个是干什么的。

我有些好奇，便点了那个粉色的，只见一面墙壁开了，里面挂着几件女孩子的衣服，有睡衣、浴衣，还有不同颜色的裙子和别的什么东西，远远的没看仔细。

我又按了黄色的按钮，小木桌中间竟陷了进去，随后升起来，托着一杯橘子汁和几块白奶油蛋糕。我端起杯子喝了几口，又尝了点蛋糕，便摆回原位又按了下按钮，桌子直接将吃残的杯盘退了回去。

我掀开被子下了床，接触地面时发现双脚已能支撑起身体，如果Ａ医生没骗我，要不了几天我就能回家了。这时我看到屋子还内附着一个洗手间，里面有青色的方形浴缸，摆着崭新的毛巾肥皂，旁边有个控制板。我跪在浴缸一侧，把控制板上带有缩写文字的按键全试了一遍，有的出凉水，有的出热水，有的出泡沫，有的出蒸雾……

我突然想洗个澡了，于是启动了冒泡泡模式，然后钻进了水中。我捧起那些小小的泡沫，看它们在我的掌心你推我搡越变越少，又把腿压在侧壁的洞口，水柱轻轻地击打着腿肚子，好像在跟我闹着玩。浴缸前方卡着一把淋浴喷头，和我家的差不多，一按手柄，便喷出一道道散着热气的水线，细密齐整。我扳动头盔右边的小把手，将头发自动清洗烘干。

洗好后，我找出睡衣睡裤穿上，感觉整个人焕然一新，好像可以就此忘了Z医生、忘了尤尼克，忘了之前的所有痛苦。真想做点儿有意思的事，可是妈妈不在，爸爸也不在，我除了在床上发愣什么也做不了。百无聊赖中，我重新盖上被子，没过多久竟又睡着了。

第二天醒来时，A医生已经站在了床尾，我忙坐起身。他一边问好，一边给我量了体温血压心跳之类的常规检查项目，"你恢复得真快啊。"

"那我今天能回家了吗？"

他笑道，"昨天晚上我和你父母联系了，我跟他们说你在这里隔离疗养一段时间会很孤单，问他们有没有什么办法，你妈妈让我给你一些书，还有些画笔画纸，"他把一个蓝盒子递了过来，"我和他们商量好了，只要你看完这些书就能回家。我发誓。"

我接过那个沉甸甸的盒子，"你是说真的吗？只要我看完就能回家？"

他将手放在我的肩头，"艾摩希依丝，你是我的病人，你的爸爸、妈妈，还有我，我们都真诚地希望你能早日恢复健康，你要加油。不过你可不能一晚上就看完啊，慢慢来，别着急。"

我仔细盯着他的眼睛，辨认着里面是否会出现另一个人的眼神——似乎没有——或许，我真的应该相信他。我朝他笑了笑。他再次拍了拍我的肩头，"希望我挑的这几本书你会喜欢，只是你的身体还在康复中，一定要记得多休息。"

A医生走后，我打开盒子取出了笔纸，又取出了七本厚薄不一的书。

那是我第一次见到书，不是妈妈以前带回的那些仿纸类的绘本，而是用真正的纸做成的书。我摩挲着书页上不易察觉的稍显粗糙的纹路，感到它们携带着森林远古而泛黄的味道，那里有未曾脱节的四季——春天新鲜润洁，夏天饱满莹绿，秋天有一地回光返照的五彩斑斓，还有冬日那空落落的虚安宁谧。那里有被世代的风雨侵蚀过后时光走过的印记，树木的魂魄经过转世来到了我的手里，将它们悠长的生命风干压平，变得柔软而脆弱，让我心怀不忍地轻轻翻开。

那些密密麻麻的黑色文字，铺写着我并不熟悉的另一个世界——高耸的城堡，幽暗的密林，尊贵的王储，奇异的动物，阴险的巫师……人生凡俗琐碎的细节像无用的陈年羽毛一样脱落不见，这个世界变得由一条条狭路组成，只为让人同灭顶的灾祸不期相逢，但在那些死无葬身之地的绝境中总能找到一个天方夜谭的出口，甚至在千钧一发的紧要关头，都能说一声，"且慢，等我讲一个故事"，便从恶魔手中换回三分之一条性命。

我的手指被粘连在书页之间，目光被字字环扣的黑色铁链锁于其上，有时我竟会舍不得换至下本，一口咬定自己之前因急于搞清"后事如何",忽略了粗梗之中那些曲折纷扰的枝枝节节。那里一定还有妖娆奇美的叶片,还有流光溢彩的色泽和温度,还有装饰音般的鸟啼与风鸣,等着我去细细辨认……于是我重返封面,想再读一遍。

A医生每日早晚都会来看我,跟我聊聊书上的故事,每次都说我的身体恢复得非常好。不知过了多久,我才把那七本书读完,然而当我告知A医生读完的那天,他只是嗯了一下,似有难色。

"怎么了?是不是我的身体还有什么问题?"

"那倒不是,"他清了清嗓子,"跟你没关系。是我的另一个病人,我对她的治疗没有出现预期的效果,所以有些担心。"

"别着急,慢慢来——这是你对我说的。"

他笑着点点头,"是啊,的确还需要时间。"

"那我明天就能见到爸爸妈妈了吗?"

他看了眼挂钟,"等你一会儿睡着后我就会给你注射封冻剂,在路途中你的健康不会受外界影响,等你明早一醒来,你就到家了。这个消息是不是让你很开心?"

我不好意思地笑了笑,"只是……我还有个请求。"

A医生露出了不解的神色。

我从小桌上拿起了一本书,"请问,你能不能把这本书送给我?这是我最喜欢的一本。"

A医生愣了下,随即笑道,"你是个那么乖巧的女孩,是我的病人中最听话的,我不仅把这本送给你,另外几本你也可以带走，如果将来你想读别的书，或者你想到这里再住一段时间疗养身体，我随时欢迎。"

A医生的话令我喜出望外，我忙用双手托着那几本书，像托着一堆易碎的珍宝，小心翼翼地放回盒中，"谢谢你，A医生。"想到明天我又能回到橡树林的小木屋，又能见到爸爸妈妈，还能躺在自己的小床上优哉游哉地读这些书，而且读多少遍都可以，我便张开手臂拥抱了A医生，还主动跟他道了晚安。

那夜，我沉入了甜甜的梦乡。

当我醒来时，我发现自己正睡在妈妈的腿上，可又被什么东西摇晃着。我一轱辘坐起身瞧了瞧，原来这是一个嘎扭作响的狭窄车厢。

爸爸头戴圆形便帽，身穿带有短斗篷的砖灰色粗布大衣，正坐在前座赶马。我立即抱住妈妈亲了亲，"终于见到你们了！妈妈，我好想你。"

妈妈抚摸着我的头发，又捧着我的脸颊瞧了瞧，"你怎么瘦了好多。"爸爸忙道，"你妈妈三天两头去电话，天天盼着你早些出院，你在那里过得还好吗？"

我一边说"很好"，一边探身到爸爸背后，只见马匹后臀那两块油亮结实的团肉上下起伏着，马尾在中间左摇右摆，越过马背，我看到前方不远处是一片茂密葱茏的橡树林，"咱们快到家了。"

爸爸笑着说，"不回那里了，咱们搬到了凡瑞泰尔镇，在橡树林的另一边。"

凡瑞泰尔镇

CHAPTER 3

"凡瑞泰尔镇……那你上班会不会更远了?"

爸爸轻甩着鱼竿似的长鞭,"我把工作辞了,在镇上开了一家手工作坊,你妈妈做彩绘陶器,我经营,抽空也会做一些木头玩具。"

妈妈说,"现在挺不错,咱们不愁吃的了。"

马车嘚嘚地绕着橡树林行进,我望见镇边有一口水井,井边放着高高低低的水罐,明晃晃地反着炫目的光,一些身穿长袍、头系风帽的妇女在那里打水,有说有笑。经过水井,车子顿挫摇摆地驶上了一条窄窄的青石板街,木轮发出辚辚之声,房子渐渐多了起来,人也多了。

街两边大多是二层高的石头房子,下面一层是店铺,上面一层是卧室,门前窗口都摆着一盆盆向阳招展的鲜花。二楼窗台的花架处,家家户户都伸出几根长长的竹木竿子,串起袖子裤管,连同夹着的袜子手帕,花花绿绿,在阳光下肆无忌惮地摇头摆尾。高矮错落的烟囱扑梭梭吐出一蓬一蓬的烟团,鱼鳞状的屋顶上,有的猫扬起软鞭似的尾巴,若有所思地闲闲踱步,有的猫则伸着前腿压低后背,露着四颗小小的虎牙打哈欠,胡须上划过几道金黄的光。

爸爸停下车,说一声到了。妈妈拖起裙裾也下车跟左邻右舍打着招呼,又双手扶我跳下,把我介绍给他们。一些人伸直脖子围了过来,"呦,你就是艾摩希侬丝!""这孩子看上去很健康嘛。""你不在家这段时间,你爸爸妈妈天天念叨——我的艾摩希侬丝啊,我的小艾摩希侬丝。"

隔壁铺子走出一个红脸翘胡须的大伯,端着一盘热腾腾的糕点,"小姑娘,挑一个,我保证你吃了什么病都会好。"

我笑吟吟地拿起一枚心形糕点,只听爸爸说,"这是乔大伯,他做的蜂蜜蛋糕是我们镇上最好吃的。这位是乔大妈。"一个头包裹巾、腰系围裙的胖脸妇人在一旁乐呵呵接道,"我看呀,你们家的艾摩希依丝才是镇上最漂亮的姑娘呢,国王的儿子如果能活着,一定会娶她做老婆。"周围的人大笑起来。

我咬了一口糕点,抬头问乔大妈,"国王的儿子死了吗?"

乔大妈蹙起了眉头,"好像快不行了,他出生那一年被兹波拉诅咒过,现如今沉睡不醒。国王和王后伤心极了,王后为这事成天吃不下饭、睡不好觉,常年卧病不起,国王派人发告示——如果有人能救活王子,是男的就封他做伯爵,是女的,要么封女伯爵,要么封她做公主,还会让王子娶她呢。"

"没人能救活吗?"

乔大伯扶着肚子说,"艾摩希依丝,你可以去试试。"

爸爸笑着打岔道,"她的病才刚好,可救不了国王的儿子。"

乔大妈白了乔大伯一眼,抓过他手里的盘子,又往我怀中塞了个圆饼,"别听你大伯的,咱们才不要去自讨麻烦。这一路累不累?快,再吃一个垫垫饥,你的病才好,还是要多歇歇呀。"

随着一声铜铃的丁当,我跟着爸爸妈妈进了家门。四邻都散了，只剩下幽暗阴凉的空气中米汤淤锅的糊味，淡淡的，昨日的昨日的，弥散着我不在时某个黄昏的气息。我换了双轻便布鞋，妈妈引我上楼，木板条发出嘎吱嘎吱的回响。

我的卧房在二楼，屋内比楼下亮堂得多，墙壁刷成了鹦鹉绿，镶着白窗棂和白门框，杏黄色的窗帘垂在两侧，窗玻璃上有钻石般的反光。看得出为了迎我回家，这里被精心收拾过，蕾丝缀边的被单如此服帖，五斗橱的抽屉楚楚有致，淡蓝色的床头柜细巧可爱，柜上摆着小小的圆肚花瓶，插着一簇绿蕊的五瓣白梨花。

妈妈说我可以先休息，等她做好晚饭再来叫我。她离开后，我走到临街的窗边向外张望。这镇子里的人长得好奇怪啊，对面铺子那个卖水果的大妈，两方肩膀处鼓成南瓜状，乍一看还以为上身顶了三个脑袋，不过真正的那个脑袋上，有香蕉样的大鼻子和弯下巴从三角风帽里露出来，顶端透着点儿樱桃红。

从右边走过来的那位夫人身板厚实强壮，一路都抬着下巴闭着眼睛。她穿着一袭隆重的紫色长袍裙，满头鬈发扎出一个兔子尾巴，头顶窝的那个扁平草帽上有一串红花草茎，目中无人地高高挑着。

再瞧那边那个男人，远看像一枚穿了衣服的鸡蛋，脖子上拴着黑领结，条纹夹克在肚子处崩开了纽扣，白色的长筒裤袜箍着两根又细又短的腿。他抿着嘴唇，满脸怒容地急匆匆往前走，差一点撞上那位闭着眼睛的夫人，绕开后又回转头，跺着双脚一通嘟嘟囔囔。

我喜欢这里，喜欢这儿的房子、这儿的人，喜欢隔壁的乔大伯乔大妈，还有他们讲的故事——国王的儿子，兹波拉的诅咒，沉睡，解救，公主……

公主，那个命中注定能解救王子的公主，除了我还能有谁？想到这里，我的血液烘热了整个脸颊。不就是一个吻吗，他们连这个都不知道。

于是第二日天还未亮，我就给爸爸妈妈留了张字条，偷偷溜下楼打开了木门，铜铃又发出了清脆的响声。外面的空气中漂浮着洇湿的潮味，凉凉的石板街在我的脚下滚动起来，我跑得气喘吁吁，虽然不知道国王的城堡在什么地方，但我想，往上坡去一定没错。

天光微明，有零星商铺睁开了惺忪的半扇眼睑，打着闷呼呼的哈欠。又过些时，商铺都清醒了，露出了晶亮的眼睛，嘴里反复吞吐着一两个奇装异服的人在梁檐及橱窗处摆挂货品。再往上走，不知绕了多少个弯，我才走出了镇子，抬头一望，一座城堡立在不远处的山坡上，蜡烛般细长的阁楼有云朵穿梭其间。

我踏着台阶一级级走啊走啊，台阶好像一架没完没了的琴键，好不容易爬完了一段音程，新的一段重又排开。阳光四射，照得我不敢向上瞧，只盯着脚下边走边喘，等我登上了最后一级，这才用袖口拭拭汗，抬起脸来。

原来紧贴着城堡墙根还有一个镇子，往来叫卖，熙攘热闹。有人在泼洒浆洗衣服的脏水，惹得过路者一面斥骂一面跳脚避开；有个厨子从农夫手中拎过一串扑腾着翅膀的鸡鸭，他身旁的学徒捧着几棵莴苣，露水从叶面滴滴答答直往下落，弄湿了一圈袖口；还有个一身素洁、仆妇模样的女人正拿着一角真丝手帕，摩挲着上面的绣花，细细地跟货主讨价还价。道路两侧有一排排商铺，有的卖珠宝首饰，有的卖奇珍异兽，有的卖针织刺绣，有的卖金银器皿。

我朝那个仆妇走去，"请问，您知道怎样才能见到国王吗？"

她用细窄的鼻孔扫视了我一番，转脸又跟别人继续商议价格。

"我要去见国王，我要救他的儿子！"

她仍没应声，但其他人听到我的话，目光刷刷地投了过来，都上下打量着我，笑问，"就你？"

我点点头。

有个老人摇着满头白发说，"姑娘，快回家去吧，不是谁都能救得了王子，弄不好会没命的。"

"我真的可以，我相信我可以！"

这时，更多人围了上来，你一句我一句地问，"你会用剑吗？""你懂魔法吗？""你有什么特殊的能力吗？""你凭什么觉得你能救王子？"

我哑口无言了，我总不能说只要我吻了王子他就会苏醒，没人会相信的。可我有什么能力呢？我就是个平凡的女孩儿，前天还在疗养院躺着，除了念书画画，我什么都不会。

我嗫嚅道,"我识字。"

旁边一家书铺的老板听到了,揣着本书大摇大摆走了过来,似笑非笑地看着我,他把书塞到我的鼻子下,细着嗓子道,"我还从没听说凡瑞泰尔镇里有女人识字。"

我心想,谁说女人都不识字,我妈妈就会。接过书,我一页页翻着,可书上的字四四方方,还一竖行一竖行地排列起来。所有人都笑了,"你不仅不识字,你连书都不会看,这书哪有从左往右翻的?"

那老板一把掳走书,用指尖敲着在我看来的背面说,"这才是封面。"然后从右往左翻了几页,两根手指并拢点着上面的文字,从右边第一竖行一字一顿开始念,"很久很久以前……"刚念到这儿,却啪的一声合上书,扯着嗓门道,"去去去,从哪儿来,回哪儿去!"

大家都扬起手背轰我,嘲笑我是个小骗子。我急了,连忙分辩道,"我不仅识字,还会写字,只不过和你们的字不一样。"

那书铺老板用眼角缝看了看我,回到店铺搬出了一张木桌一把木椅,哐哐当当置于人群当中,又拿来了纸笔。我看到桌上还放着一缸水,一个石盘,还有黑色的长条石块。

"你来写几个字。"

我走上前去看着那几根笔,倒是有点像妈妈的画笔,可哪里有颜料呢?不管了,我拿起一支直接往纸上落,笔头那撮毛软趴趴地歪在了纸上,什么也没显现。

那老板捻着胡须朝其他人哈哈大笑,"你们看看,她连黑土都不会用。"说着抽去笔，在石盘上滴了几滴水，拿起一根黑土块在上面立着打转，那水慢慢变成了黑色，他便用那撮毛蘸蘸抿抿，在纸上写起来。

我又把笔抢回，重新换了张纸，依葫芦画瓢蘸了黑土水，用我熟悉的文字写起来，"很久很久以前，有一个女孩叫艾摩希依丝，她用一个吻解救了国王沉睡不醒的儿子，被封为了公主，于是王子娶了她，从此过上了幸福的生活。"为了让我的字看上去更加神秘莫测，我故意从那张纸的中间开始写，沿顺时针方向写成螺旋状的格式。人们发出了一声声惊呼，"她写的是什么？""咒语吗？""太奇妙了。"

我正得意洋洋地看他们啧啧赞赏我的杰作，却突然感到手臂被什么人抓住，人群刹那间分成了两半。"就是她！"那个买丝帕的仆妇指着我，一群端着刺刀的红衣锡兵围成一个圈将我封在里面，为首的三个人一个拿布袋子套住我的脑袋，另外两个把我的手别在身后，用粗粝的麻绳死死绑住。

"你们这是做什么？快放开我，我是来救王子的！"

可他们丝毫不听我说什么，只是推着揉着把我拖往什么地方。我心里虽惊慌诧异，却并不感到恐惧，我甚至还有些期待，期待我马上就能见到那个沉睡的王子。

周围的喧闹声突然减弱，布袋透进的光线骤然暗下，四周变得有些阴冷。我听着那些刺刀的刀把有节奏的碰撞声，它们与我心跳的频率何其相似，一想到那粗布面罩即将贴着我的脸庞向上滑动，从我的眼前倏忽拿开，我皮肤下的每一根神经都如破开卵壁的蝌蚪般活跃了起来。

CHAPTER 4

理想主义

IDEALISM

理想主义

CHAPTER 4

我说,"要想建立信任,就得拿出足够的诚意,艾摩希依丝虽然是个精神病患者,可她的观察力和判断力很敏锐。"

"那你打算怎么做?"

"设立一个时间节点,到了这个节点,不论她有没有造出幻境,我们都送她回去。如果真心送她走,她一定能感觉到的。"

Z用指尖挠了挠额头,"她喜欢看书,不如咱们给她五本书,或者……七本书,告诉她,等她读完就送她回家。"

"那她应该能安心住一段时间,即便这段时间她没造境,只要建立起信任,我总有办法再接她过来。另外,得换个地方让她先恢复身体,换个好点的环境,这儿的气氛对她来说太压抑。"

"是啊,我这儿房间小,设施也不行。不如把她转到我挂职的那家医院吧,给她安排个大点的病房,只不过办理入住手续还需要她父母来一趟,我担心他们看到艾摩希依丝的情况会……"

"要不去我那里吧。"

"去你们公司?"

"不，搬到我家。"

"可也不方便吧。"Z摇摇头。

"我家三楼基本不用，我可以安排下，在三楼通道处安装一扇密码门，趁我妻子不在家的时候咱们把艾摩希依丝运过去，她有封闭症，不会迈出房间的。"

"那你怎么跟你妻子说？"

"就说我有个秘密的科研项目，在父亲的公司不太方便，主要是不想让我哥哥知道。她了解我和我哥哥的关系，不会干涉的，她平时做什么我也从来没干涉过。"

"你住在高幕郡吧，离我这儿太远了。"Z有些迟疑。

"对，但也是在四段。"

Z皱着眉头想了想，"还是很远，我两头跑的话……你知道的，卢雅已经抱怨我不回家了，其实我没什么问题，就是她……"

这句话倒是提醒了我，"卢雅那天说想聚一聚，这样吧，等我把艾摩希依丝接过去，就请你和卢雅来家里吃顿饭。一来让我妻子对咱们的科研项目不会起疑心，二来说服卢雅让你最近一段时间在高幕郡工作，算是出个长差。"

Z笑道，"也好，卢雅做梦都希望我能在高幕郡工作，这样跟她讲，说不定她还能支持我的研究。行。到时候你也帮我劝劝她。"

我们把艾摩希依丝搬到我家后，在她身体恢复期间，我将剩下的两组尤尼克AB瓶封装包好，并计划把其中一组邮寄给父亲，希望能获得他的支持。但尤尼克B瓶中Z的形象过于残忍，我询问过Z要不要把B瓶拿掉，Z说不用，"总得让你父亲看到艾摩希侬丝造出了人呀，再说幻境又不是真的。"我便将那组药剂寄了出去，并附上了体验说明。

之后的那个周六，我安排司机接Z一家来共度周末，虽然蔓如那阵子正昏天黑地忙画廊开业的事，但当她听说Z和卢雅是我大学时期的老朋友，并且Z就是我那个秘密科研项目的合伙人，便一口答应下来。"他在斯莱姆区开了家精神病诊所？"蔓如在电话那头咯咯笑道，"真是具有理想主义情怀。"

周六下午，蔓如早早就到家了，我看她头上戴着一顶帆船状的高帽，身上穿着一袭白色连衣裙，领口和裙摆处有两溜红蓝边饰，便笑道，"乍一看还以为是年轻时候的安奈洁呢。"蔓如一边命人帮她把帽子拆下来，一边笑道，"是吗？安奈洁的品位挺不错。"她走过来扶着我的肩膀，从背后探身吻了吻我的面颊，"等我去换件衣服。"然后一路走，一路又命人将客厅、餐厅和一间客房收拾出来。

等我再看到蔓如，她的浓眉红唇都卸去了，补了层似有若无的薄妆，换了件简简单单的细亚麻衬衫和一条卡其色阔腿裤，散开的头发流溢着蜜蜡的光泽。

蔓如和管家商量好今晚的冷盘、正菜、酒水和甜点后，便伏在沙发上有一搭没一搭地问起我们三人读大学时候的往事。闲聊了一会儿，蔓如又问，"Z抽烟吗？"

我笑道，"大学时候真是个烟鬼，走哪里都一身烟味，特别是在赶报告的时候，成天一根接着一根，桌子上总是满满一碟七扭八歪的烟蒂。"

"那现在呢?"

"这几次见面都是在他的诊所,没抽,也许戒了吧,不过你也可以准备点儿。就西格特牌好了。"

蔓如又扭头跟管家交代了几句,这才歪身躺倒在沙发上,两眼盯着天花板,感叹道,"斯莱姆区……真是无法想象。你母亲一跟我提到斯莱姆区就流泪,说那里有小孩子跑到幕沿郡掏垃圾吃,真可怜。不过你还是少去吧,犯罪率那么高,听说为了几千古森都能杀个人。"

"他诊所那边还好,不过你说得对,所以我把研究项目暂时搬家里来了。"

蔓如把头略略抬起,笑吟吟地望向我,我正欲岔开话题,她倒先问起了别的,"Z他们一家也住在斯莱姆区?"

"那倒没有。"我想了想,"忘了哪个区了,反正是在低幕郡和中幕郡交界的什么地方,毕竟也要为了孩子考虑嘛。"

蔓如倏忽坐了起来,"你没提他们带孩子,早知道我就把B接回来了。"

"Z说她今天在同学家过夜,不来。"

蔓如这才哦了一声,重新倒回沙发,闲闲地打了个哈欠,"时间还早,我先睡会儿,他们快到了你叫我。"

傍晚时分,电铃响了,我和蔓如迎至门口,大家拥抱问好,卢雅把一套玩具递了过来。

"柯蔓如,叫我蔓如就行。"蔓如接过了礼物,又说,"B这周在祖母家,等他看到一定会开心极了。"

理想主义
CHAPTER 4

蔓如又和Z拥抱了一下，朗声道，"Z医生，久闻大名呀，A常常提到你，还提到你们在学校做科研的事情，我还以为，你总是戴着蓝胶膜手套，举着玻璃实验瓶，一副胡子拉碴的科学怪人形象，谁知道……"

Z迸发出一阵笑声，半天停不下来。卢雅忙抢过话头，"今天一路上我家这位先生都在抱怨，说几个小时被勒在衣服里好像坐牢似的。"我这才发现卢雅穿着深紫色的晚礼裙，系着狐毛短披肩，脖子上戴了一串亮闪闪的宝石项链。Z也是一身燕尾服，只是衣服在六个多小时的车程里被挤压出了条条褶皱。

Z对蔓如说，"我平时就是你讲的那样，但我家夫人听说要来你们这儿做客，命我收拾利索。这不，胡子也刮了，脸也扑了膏，幸亏我没头发，不然要被她拉去吹烫一番。"

蔓如笑着转向卢雅，"你的裙子真漂亮，我明天有个画廊开业，正愁不知道穿什么，我觉得这颜色挺合适。"

我看了眼蔓如，她也朝我会心一笑。

晚饭中，蔓如向Z打听斯莱姆区的情况，还提到了我母亲在那里的项目，她又跟卢雅聊了聊工作，我才得知卢雅现在在中幕郡五段一家网络公司的财务部上班。之后话题便自然而然转到了孩子身上，两个女人你一言我一语，从食品玩具聊到家庭与学校教育。蔓如用手捂住嘴惊道，"她叫米叶诗卡？真太巧了，我表姐的女儿也叫米叶诗卡。我真想有个女儿，只可惜咱们的政策，哎，谁让天幕国就这么巴掌大的地儿。"

卢雅说，"是呀，这儿要人多了，低幕郡那些人可不得挤到幕沿郡了。"

Z插嘴道，"那我的诊所也得扎在垃圾场里了，我看直接搬出天幕界更好。"

大家都笑了，又聊了会儿几大郡及天幕国之外的环境问题。

吃完晚饭，蔓如约Z去吸烟室，"我专门准备的西格特牌，A说那时候你赶报告，一晚上就能抽掉一盒。"Z犹豫地看了看卢雅。蔓如笑道，"怕什么，有撒百思呢。"

看卢雅没听懂，我忙道，"罗特出的一款成瘾消退剂，不过吸烟的人很少会用到它。"

卢雅不好意思地笑了，轻轻挥了挥手，"去吧去吧，我可不愿意破坏了这美好的大学怀旧之夜。"

看着蔓如和Z走出了餐厅，卢雅端起酒杯喝了一口，缓缓收了笑容，"你看你，这些年都没什么变化，不像我和Z。我都老成什么样了。"

"你看起来还跟以前一样。"

卢雅笑着摇摇头，"别安慰我了。你再看看Z，脑瓜都秃了。"卢雅脸色颓唐起来，"Z整天忙得不知道回家，一点儿正常人的生活都没有，也不在意我和孩子过的都是什么生活。"

听到这话，我只好顺着往下说，"你这些年也是辛苦了，忙工作忙孩子。"

卢雅叹了口气，"你也知道，其实以Z的能力，在中幕郡开个诊所、找个医院挂职都没问题，他就是想不开，非要在斯莱姆区待着，我看过诊所的账，发出去的多少账单都被拖欠，那不是白忙活么，他还一点都不在意。"

我给卢雅的杯中添了些酒，"蔓如说，Z在斯莱姆区开诊所是基于理想主义情怀。"

卢雅抿了一口，嗤道，"什么理想主义情怀，还不就是为了搞科研更方便，你们骗骗蔓如还行，想骗我？别装了。"

我不置可否地笑了笑。

卢雅接着说，"可现在孩子越来越大，乱七八糟的开销也越来越多，我们住的学区也不好。我女儿在学校，三天两头不是丢手机就是丢电脑，连外套鞋子也丢。我听她说，上课的时候还有同学玩游戏，老师根本就管不住。"

"你们天天送学校吗？"

卢雅转动着杯子，两眼盯着杯中红色的液体淡淡地说，"我和Z都要上班，家里就一个仿真人保姆，还是她出生那年我堂弟送的。她现在六岁多了，根本不听保姆的话，不可能老老实实坐在家里上网络课程、远程参与各种项目，所以我们还是把她送到了传统一些的学校，让老师看着更稳妥。"卢雅又喝了一口，把杯子放在了桌上，"如果Z能在中幕郡开诊所，收入更高一些，我再买一两个仿真人，购置全套的远程教育设备，就不必把女儿往学校送了。"

"我倒是可以帮你劝劝Z。"

卢雅双手合拳，轻轻搁在了餐盘前，"咱们这么多年不见，本来应该高高兴兴的，可刚才多喝了几杯，不知道是怎么了,又开始难受。"

"你们……发生了什么事吗?"

卢雅抿着嘴顿了顿,"A,咱们都是老同学,我也不想跟你藏着掖着,这么多年了,我对他失望透了。每天晚上,我一个人躺在那儿翻来覆去睡不着,这个人,他为我、为女儿付出过什么?人天天不着家,跟他要钱,钱也拿不回来。"

我轻咳了下,"他确实应该多关心关心家庭。"

卢雅听了这话有点激动起来,眼圈红红的,"他有没有一次问过孩子——你在学校学了什么?你的好朋友是谁?你喜欢玩什么游戏?他有没有一次问过我——你累不累?要不要休息会儿?更别提什么——晚上咱们去哪儿吃饭?周末咱们带孩子上哪儿玩?他连最基本的回家吃饭睡觉都做不到。家里就没他这个人,他一心全在那个不着边际的、所谓的事业上。"

"可你还不了解Z?他上学时候不就那样。"

卢雅冷笑一声,"我当初真是瞎了眼,不知怎么就被他迷住了,死活就要跟他在一起。"

"Z除了是个工作狂,也没别的缺点了,凡事也要看两面。"

卢雅两眼无神地盯着面前的刀叉,"其实这两年我一直在跟他提离婚。"

"你要离婚?"我想起了Z让我帮他劝劝卢雅,原来他指的是这个。

卢雅抬眼看了我一下,"Z没有和你说吗?是啊,我要离婚，他当然不同意，他就想维持现状，不过后来他也退让了一些，答应我如果孩子学校有集体活动，需要家长配合的话他会去。这点我很欣慰，可也仅限于此了。"

"Z既然有退让，起码说明他是愿意改变的。"

卢雅耸了耸肩，"可他每次去参加孩子的活动，你看看那脸就拉得跟什么似的，好像全世界都欠了他的。他根本不是一个称职的父亲，也不是一个称职的丈夫。我可以这么说，我们家有他没他都一样。没他我可能更轻松些。"

"卢雅……"我的口气变得严肃郑重起来，"刚才我和Z不都说了吗，我们启动了大学时的那个项目。我觉得这是个机会，这个项目现在有了很大的突破，以前我们面临的许多难题都克服了，Z这么多年来的研究眼看就要出成果了，你却要在现在放弃他？"

看到卢雅的神情有些松动，我忙接道，"我这几天也在和我父亲沟通，希望他能支持我们的项目，你也要多支持Z，再给他一些时间。只是……他可能得经常两头跑，回家的时间会更少。我想，如果项目推进顺利的话，我能说服Z把工作重点往这边偏移，也许不久他就会在高幕郡工作，那你们就有可能搬到这边来生活。"

这时，走廊传来一阵爽朗笑声，蔓如款步走进房间，后面跟着Z。蔓如对卢雅笑道，"你丈夫真是我见过的最可爱的男士，那些故事太有意思了，真没想到精神病人的世界也有着艺术式的怪诞。我跟他说定了，要在斯莱姆区的精神病人中搞个艺术创作活动，然后让我婆婆在那里买下一些作品，我们来办个画展，举行慈善拍卖，善款专门用以帮助斯莱姆区的精神病人。你们觉得怎么样？"

我举高双手鼓了鼓掌。卢雅露出了赞赏的微笑，端起酒杯，"我觉得特别好。那就——为了斯莱姆区的精神病人。"

我们也都端起了酒杯。

"为了艺术。"

"为了慈善。"

我们看着Z，Z想了想，"为了科学。"

"这事儿和科学没关系。"

"重新来。"

"为了——理想主义！"

那天我们一直聊到凌晨两点才结束，第二天醒来时蔓如早已离家，我跟Z和卢雅用过早餐后，他们也起身告辞。我派了司机送他们回去后就上楼看望艾摩希侬丝，她身体恢复得挺不错。

周一刚到公司，我就收到了父亲的邮件。

✉ 父亲的邮件

我的儿子，我为你骄傲，看来我对你的栽培终于有了结果。你这次提供的药品出乎我的意料，尤尼克AB瓶的体验效果几乎完美。我会全力支持你的后续研究，并拨出资金帮你成立一家新公司作为罗特药业的一个研发分支，我已经起好了名字——切斯幻境科技公司，期待在不久的将来，你制造出

理想主义
CHAPTER 4

的药剂能超越追梦科技公司的所有产品。如果你还需要什么帮助，可以随时跟我联系。

另，我认为你和Z之间过从甚密，他的为人你要多加注意。切记。

爱你的父亲

一定是尤尼克B瓶让父亲对Z产生了一些想法，但这并不会影响到我和Z的关系。我将父亲的计划告诉了Z，他和我一样对未来燃起了希望，我们会拥有自己的公司，我们可以研发、生产、销售我们的药剂产品，并能与当前造境界最厉害的追梦科技公司来一番真刀真枪的较量。我意欲让Z将诊所转租出去，全身心投入到切斯公司，这当然也是为卢雅考虑。Z则认为他应当暂时保留诊所以及他挂职医院的职位，以方便他与艾摩希依丝的父母继续联络。他最后决定将一些重要资料移到这边后，招一名医生替他在诊所接诊。

可艾摩希依丝的情况却不太顺利，直到她读完那七本书也没产生过幻境，我们只得按照原计划送她回家。晚上，我们在注射枪内装好了封冻剂，可Z突然发现她的脑电波图显示她又启动了新一轮幻境，我们拍掌大叫着"开始了开始了"，便慌忙回工作间进行采集。

我们一边聊着天，一边看着监控屏上的艾摩希依丝在那间屋中指手画脚、自言自语。Z浏览了会儿研究报告，又想了片刻，"我明白了，除了危境、信任，造境的另一个关键因素应该是'希望'。就是因为我们真诚地准备送她回家，她清楚地意识到她即将见到她的父母,她才又一次产生幻境。对,是希望。危境、信任和希望。A,我们明天不能送走她了。"Z从研究报告上兴奋地抬起眼,"不能让她走。"

"可她父母那里怎么交代?都说好了明天送她回去。"

我们坐在桌前苦思冥想——跟她父母说她身体恶化了?不行,他们一定会要求来看她。搪塞几天试试?可若是这个幻境延续时间很长的话,一直搪塞下去也会引起怀疑。我们想出一个个办法,又一条条加以否定。

"我有一个大胆的提议。"Z说,忽地坐直了身体。

"说说看。"

"艾摩希侬丝是个独一无二的病人,我们应该把她再留下来一段时间,有了危境、信任、希望这三个因素,我们就可以持续触发她造境了。"

"可这不现实,咱们不可能把她长期留在这儿。你想留多久?一个月?两个月?"

Z忽然压低声音,"我妻子有个堂弟,叫Y,他在斯莱姆区开了家仿真人公司,属于三流的小公司,生产一些低端的仿真人。虽然他们公司没有制造高级仿真人的资质,但我知道他们偷偷造过。我们可以找他造一个艾摩希侬丝。很快,估计只需要一两天。"

"你要让仿真人代替她回家?"

Z笑了。

我惊诧道,"这怎么行,这是违法的!"

Z双手一摊,"那你还能想出什么好办法?"

理想主义
CHAPTER 4

"找个理由先拖着她父母。如果他们非要来看她,我们再找别的借口。"

"到时候就晚了。"Z将椅子拉得离我更近了些,"我们先订制一个,就用这一次,仅此一次。先让仿真人代替她回家,等我们把AB瓶收割完,再把她们偷换回来。是,我知道,成本是有点高,但绝对是值得的。"

"这不是成本的问题,这是违法的。你也不想想,万一仿真人公司那边走漏了消息呢?或者这事被发现了呢?"

"放心吧,斯莱姆区的监管力度很薄弱,做什么都不会引人注目。况且艾摩希依丝是个精神病人,又不上学又不上班,除了她父母还有我这个私人医生,几乎没人知道她的存在。谁能发现呢?"

"她父母就会发现。"

"艾摩希依丝有精神病,不论说什么前言不搭后语的话,不论行为举止多怪诞,她父母都会认为理所当然。我保证不会出岔子,而且这事儿全部由我出面,跟你绝对扯不上半点关系。"

我心里掂量着Z的计划。

"A,别犹豫了,就这么说定了,这事儿不能等,我现在就和Y联系!"

CHAPTER 5

水月之夜
Night of the Water Moon

当我的面罩被摘去，我看到自己置身于一座宫殿的大厅里，面前立着三个人。

但是让我就此打住吧，因为在后来的反复回忆中，我逐渐明白，从没有人到过凡瑞泰尔镇，那水井、石板街、店铺、城堡，还有此刻我面前的国王、王后和凯德女巫……它们其实早就伫立在了那里。在漫长的混沌岁月中，一些似是而非的路径交叉会集着，专为我一人而设，只等我出现后如一把钥匙将它们启动，让它们从铺叙的沉睡中苏醒过来。那些来路不明的愤怒、哀伤、纠葛、冲突，其实都在为我服务，它们不过是携着我的手，把我推进一个豪迈的命运转盘，那里咬合完美，永不阻塞，带着看似艰难的无忧无虑向前推进。所以我一直都明白，我必然会毁灭邪恶的兹波拉，必然会解救无助的王子，必然会名正言顺地穿上那由一百名裁缝连夜织就的婚纱，和王子走入婚姻的殿堂。

婚礼那晚，圆月当空，葛蕾兹和两名女仆帮我整理完婚纱和头纱，等待着伯爵夫人宣我进入大殿。在这段空寂的时刻，我和葛蕾兹走到房间外那个马蹄状的石栏露台透透凉气，我看到夜空中那轮巨型的金黄色月亮像一块未经打磨的宝石，上面有大大小小的暗斑，而正中的圆斑最为幽邃乌深。

我指着夜空，"以前在画上看到的月亮真的不是这样子，不过来到凡瑞泰尔镇这么多天，我都有点习惯了，好像月亮从来都是如此。"

葛蕾兹的褐色头发上绑着一根嵌满鎏金花纹的发带，在月色下闪着柔和的光彩，她也望着夜空。"北沙漠的那天晚上，你就对我说过同样的话，可这儿的月亮从来都是这么圆，不会出现什么月缺，而且它当中总有圆形黑斑，我无法想象月亮会变成你所说的那种牛角状，也无法想象它会少了中间那块黑斑。你说的让我想到一个人整晚眯着眼睛，或者是瞳孔消失了，或是被一层金色的薄膜障住了，那样的月亮看上去会像个失明的病人吧。"

那圆月似乎在茫茫夜色中隐退了一下，刹那间又恢复明亮，的确像一只久睁的眼睛眨了一眨。正在这时，一个眉目清秀的女仆走上前来行了个屈膝礼，伏在葛蕾兹耳边说了几句话又行礼离开了。葛蕾兹笑道，"你父母已经沐浴更衣完毕，刚刚进入大殿，一会儿就轮到我们了。我会带你进入正厅，把你送到王子身边，剩下该做什么你也大体熟悉了，只要根据礼仪官的指示往下进行就好。"

"为什么他们没有安排我和父母单独待一会儿？我真想跟他们讲讲我是怎么认识你的，是怎么打败兹波拉的，又是怎么救活王子的。我有好多话想跟他们说，可自从我回来之后就一直没见过他们，也没能说上一句话。"

"你别担心,等今晚婚礼结束,以后你有的是时间。"

"以后他们是不是也住在城堡?"

没等葛蕾兹答复,但见伯爵夫人上前,微微躬腰伸出一条胳膊,腻白的手腕处绽开一圈薄如蝉翼的蕾丝花边。她用五根嶙峋的手指对着房门,"时间到了,该下去了。"

我们进了房间,葛蕾兹向伯爵夫人躬身还礼,然后挽住我的手臂,示意两个小矮人扯住身后扇面状的曳地裙摆,低声说,"别紧张,你今天美极了。"

大殿如我初次见到的一样森严冷峻,只是那次从高耸的长条玻璃窗中投进的阳光将烛火压得黯然失色,而今晚殿内的火焰却闪耀腾跃如轻盈而又热烈的舞者,让大殿中的每个人都分出好几道指向不同的深浅影子在隐隐浮动。

国王头戴红宝石皇冠,身穿蓝色翻毛披风,手扶一根赤色权杖,权杖的扶柄处铸有一只口含金球、血月绕身的蟾蜍。其他宾客面无表情地立着,听国王那沉沉的声音在大殿内四散,如同没有调性的古钟余音,"那是很久以前了,我和我的妻子——你们的王后——一直都想有个孩子,可过了好多年王后才生下一个男孩。也许你们都还记得那次庆祝晚宴,我不仅遍请王公贵族,还邀请了凡瑞泰尔镇的守护者凯德女巫。可就在晚宴即将结束的时候,兹波拉,那个全天下最邪恶的巫师不请自来,并诅咒说——除了王子,这里所有人都无法离开城堡,而王子会在十八岁那年爱上一个会写奇怪文字的外邦女孩,在他遇到那个女孩的第三天就会被杀死。然后兹波拉就离开了。我当时痛不欲生,甚至跪地乞求凯德女巫救救王子，把他从诅咒中救出来。"国王看了看左边的什么地方，然后停了下来。

"然而我却没办法阻止它。"我循着那缓缓扬起的声音张望，才看到头戴黑色尖帽、身穿黑色束腰大衣、脚蹬黑色翘头靴的凯德女巫，她深陷在国王披风的暗影中，直到被侍从往前领了几步，才将那张因法力不再而变得庸常的脸置于光亮之中。她的声音也不再圆润饱满，听上去像一块常年吊着的腌制腊肉，带着硬邦邦的风干的咸味，"是啊，我没法阻止它，所以我只能在王子十八岁那天把他变成一头独角兽，将他的灵魂藏匿在一个具有护卫神能的犄角里，假如他遭遇不测，他会沉睡不醒而不会死去。为了这个修改，我的法力被耗掉了大半。国王还建了一座石楼将王子囚禁，可他竟用犄角撬开石砖逃了出去。但我万万没料到，当我感知他被人杀害而唤回他时，回来的却只有犄角，他的肉身和灵魂被割裂开，灵魂正从犄角的杯口慢慢散去，要不了多久，就会和肉身一起消亡。幸好，我们见到了她——今晚的美丽新娘——艾摩希依丝。"

我忽然感到，他们的话语中隐匿着巨大的空白——他们究竟是谁，他们从哪里来，他们如教堂般肃穆刻板的面孔下是否有过秘而不宣的纠结与茫然？在那段渴望得子而不得的时日，国王与王后之间可曾有过埋怨、有过背叛？王子降生后，那种过度的宠溺到底造就了怎样的灵魂？兹波拉为何从一开始就背负着邪恶，要同凯德女巫势同水火，他会不会只是因为自己无法摆脱的孤独，而对彻夜狂欢的人群心怀怨妒?而晚宴上那些处之泰然的看客在王室的突降灾难中,难道没有过一丝窃窃的欣喜与安慰?而这个王子——即将成为我丈夫的男人——在他十八年的成长中,是否为自己注定的厄运战栗过;在变成独角兽而被囚禁石楼的那段时光,他是否埋怨那些想方设法救他的人们;而在我把他抱上病床弃他于不顾,任由Z医生割下他犄角的那个时刻,他又是否深深地恨过我?

我感到一阵不安。之前的那段日子,我只顾攀越一波又一波历险的高峰,忙着在各种死局中填入盘活的棋子,安享于情节的大起大落、大开大合,可如今,故事如丰收后的装粮麻袋般正等结局的绳索将其收紧。我抬眼看着王子英俊而又苍白空洞的脸颊,越发感到自己并不了解他,不了解他背后的家族,不了解"从此以后过上了幸福的生活"究竟意味着什么。我身着婚纱,手被他拉着,却感到那结局的绳索已然狠命勒住、打成死结,我正站在这本书结束和下本书开始之间的失重地带,脚下的根基正格格开裂。

众人的目光投向了我,慌乱中,我望到爸爸妈妈一身盛装站在那里,对我绽露出祝福的笑容,这才感到一丝温暖与安慰。我想走过去拥抱他们,想和他们说上几句话,可惜我的手仍被紧紧拉着,整个大殿庄严的气氛也让我动弹不得,我只能远远向他们报以一个不得露齿的微笑。

凯德女巫说,"艾摩希依丝,你出发那天我告诉你,每个人生下来都是有使命的,而你的使命就是摧毁邪恶的兹波拉,复活因你而死去的人。"

我点了点头,我要显得高兴一点儿,哪怕是为了爸爸妈妈。

凯德女巫拿起那根已不再有神力的榛木棒说道,"来吧,跟我许三个愿望,要求三种神奇的技能,希望它们能够帮你战胜一切困难,打败兹波拉。"

"我想要一支笔,当我在地上画画,画上的东西都能变成真的。"我望着妈妈,我的嗓音有些抖颤。

"好,但你画的不能是凡瑞泰尔镇里有的东西。"凯德女巫用法棒对着桌子点了一下,假装和那天一样,让托着尤尼克犄角的天鹅绒旁出现了一支笔。

"我还想要一把小提琴,能让我拉出全世界最美妙的乐曲,凡听到乐曲的人和动物都会不由自主地跳舞,直到我停下来他们才会停下。"我望着爸爸,只见爸爸一手搂着妈妈的肩膀,一手却不住地擦着眼角。

"我可以给你这个愿望……"凯德女巫对着桌子又点了一下,假装出现了那把带弓的小提琴和那双鞋,"但只有穿上红舞鞋的人或动物听到琴音后,才会不由自主地跳舞。第三个愿望呢?"

"我想能听懂并说出所有生灵的语言。"我仿佛望着自己说。

"亲爱的,我的法力所剩不多了,我无法让你听懂所有生灵的语言,最多是鸟的语言。"

当众宾客听到这句话,他们开始齐声呼唤葛蕾兹。葛蕾兹在把我送到王子身边后早已离开,现在我看到她就在前方不远处冲着我笑。她那谦和自持的笑容让我想到不久前我们是如何跨过冰雪界、飞跃石头山,如何在金光云牢中逼迫白猫吐露秘密,又如何在北沙漠和铁森林击溃形色怪异的敌军。我摸了摸脖颈处的炱栩项链,那是我们摧毁兹波拉的法力之树后,葛蕾兹恢复人形、回到琉璃城时她从脖子上取下送给我的——"如果有一天,你不确定自己是谁,就打开照照它。"

国王举起金制的高脚酒杯,杯身连缀的簇簇绿松石在花瓣状的杯口盘绕,"葛蕾兹,来给大家讲讲你们的故事。"

葛蕾兹拖起灰色的裙摆款款步入大殿中央,她的鹰枭护卫们立在铁狮铜像上,压低眉头警惕地瞪着下方,时不时撑开巨型翅膀,层层匝匝的覆羽如坚实的盾牌,而细细长长的飞羽如一把把多刃短剑。大殿的立柱在高处散开,象牙般的拱条于葛蕾兹的上方密集地会聚,仿佛是这大殿因一个长久的吸气而从累累石砖的皮肤下凸显出来的骨架。

葛蕾兹对国王行了屈膝礼后也朝我点了点头,面向众宾客站好,"我是琉璃族的族长葛蕾兹,在我们变成猫雀之前,我们的族人专门为各王室打造镜子,但我们打造的并不是普通的镜子,而是能照出真实面容的宝鉴:一只青蛙可以照出一位王子,一个丑妇可以照出一位公主,一群猫雀可以照出一个人类的家族。"葛蕾兹示意大家看大殿后方镶着的一条装饰用的细窄镜子,"一百年前,兹波拉也得到了一枚由我们打造的镜子,并且……"

我感到王子的手猛然收紧旋而又松开了指头,他突然冲着镜子喊道,"他没有死!就是他割下了我的犄角!"

我还未从震惊中反应过来,王子就从带刀侍卫身上嗖地抽出一柄银光闪闪的长剑,看看镜子,看看人群,又看看镜子。众宾客尖叫着四处躲藏,鹰枭护卫们从铁狮铜像上倏忽飞起,在天花板下方盘旋着嘶鸣,火光投射出成群的黑色飞影,仿佛千百只骷髅蛾和吸血蝠在同一时刻乍离了白刺刺的枯枝。

王子拎着剑奔向人群,"兹波拉就在那儿!"众人你推我搡、左闪右藏,只有爸爸妈妈还不明所以地愣在那里。妈妈仓皇地望着我,又仓皇地看着提剑而来的王子,跌跌撞撞一步步往后退,双臂摆动地躲着,"不是,不是我。"

我顿时明白过来,揪起裙子直冲过去。

"不!"我扯住王子的衣服后摆,后摆却从手中抽脱,将我拽倒在地。

"护驾——护——驾——"一声凄厉怪诞的宣唱带着咏叹的调门压住了我短促的呼喊,大殿的几个入口处哗啦啦赶来许多红衣黑帽、身背刺刀的锡兵。他们迅速分成三队,一队挡在国王前面,一队奔向王子,还有一队将我围起后死死按住,好像是我要做什么可怕的事。我挣扎着,却被锡兵用手臂和膝盖抵在地上动弹不得,眼看王子就要抬手,我绝望地叫着葛蕾兹的名字,"快帮我,救救他们!"

只见王子毫不犹豫地向妈妈刺去,爸爸扑身挡在前面,而冲向王子的葛蕾兹竟停住了脚步,结结巴巴地说——"真、真的……是兹波拉……"

随着哐一声，爸爸满身鲜血连人带剑跌倒在地，而他身后的妈妈也捂着自己的胸口，眼神惊恐万分，她不敢相信正在发生的一切，不敢相信自己奔涌的鲜血里冒出了一团白烟，那白烟迅速凝结成一个白色人形，张牙舞爪地钻进另一个锡兵体内。这锡兵立即被其他锡兵用刺刀戳穿，白影倏忽而出，又进入下一个锡兵体内，如此切换着向前推进。护卫国王的锡兵们彼此举刀刺杀，不一会儿，遍地锡兵如一群垂死的虫豸歪在那里晃臂摇腿。

葛蕾兹的父亲惊道，"他要进入国王的身体，伊戈奥勒，快。"王子听罢也抽出剑来转身追赶，而鹰枭护卫长从国王的背后飞冲下来，在白色人形即将进入国王体内的刹那，将爪勾精准地嵌入他的两道锁骨，把他提拎空中。

兹波拉如婴孩般徒劳地蹬踏着脚，双手却攥着一根钢筋似的楞纹鹰腿，想要把它折断。伊戈奥勒失去了平衡，忽高忽低忽左忽右地拍打着翅膀，引得众人一面屈身蹲地一面抬头观望。此时又飞来几只鹰枭护卫，它们围在兹波拉周围盘旋着等待时机，直到伊戈奥勒悬停了几秒，它们才迅然冲上，两只枭勾住两腿，两只鹰揪住左右腰。兹波拉松开了手，想要把身旁的鹰赶走，却被它们趁机勾住了手腕，它们飞着将他向不同的方向拉扯，随着一声嚎叫，兹波拉如一团纸般被撕裂开来，这时又飞来更多鹰枭护卫，它们接住碎尸并撕成了更小的碎片。那具白色的躯体不见了，鹰枭护卫们一个个收翅停落，双爪紧攥着铜狮额顶的波状鬃毛，双目机警地左顾右盼，带勾的巨喙咀嚼着不成形的血肉。一颗头颅在地上滚动了许久停下来，秃顶的脑袋上，那双小小的眼睛仍旧坚定地瞪着，嘴角挑衅地歪向了一边。

压制我的锡兵终于松开了手，我连跌带爬地扑到爸爸妈妈身上，想按住他们的伤口。可那汩汩的血流如条条手臂，用红色的指头缠绕住我的手指并绵软地掰开，趁机向外腾跃流窜。手臂爬往四面八方，岔开的指缝裂变出更多臂膀，拖着不断延展的无腿的躯体向前移动，还有一路沿着婚纱的裙摆朝我攀来，意欲拉出某个纵度，用蛇形的藤蔓将我囚禁在这红浆沼泽中。

"救救他们。谁来救救他们。"

凯德女巫见我把目光投向了她，"艾摩希依丝，你是知道的，我已经没有一点法力了。"

我又转向葛蕾兹，葛蕾兹满眼含着泪说，"对不起，艾摩希依丝，我刚才不知是怎么了……我没想到兹波拉还活着。"

其他人都一言不发，只是神情肃然地望着我。

有只手轻轻扶住了我的臂膀。"孩子，不要哭……我的小艾摩希依丝……"是爸爸的手在伸着，想够到我下巴处的泪水，想帮我擦掉它。我搂着他的脖子呼唤着，"带我和妈妈离开这儿，带我们回去，我们回小木屋，以后再也不来了。"爸爸将那只手移到了妈妈的肩膀处，无力地握着，仿佛那就是即将带我们回家的承诺。

我挪向妈妈，将脸埋进她的脖颈，埋进她柔软的长发中。妈妈使出力气抚摸着我的脑袋，喘息道，"再吻我一下……像小时候，可爱的孩子……我永远都亲不够……"我亲吻着妈妈的脸颊，摩挲着她渐渐冰凉的身体，"你们不要离开我，我求你们。"我把面颊贴在了妈妈的唇上，就仿佛许多年前我被妈妈抱在怀中，妈妈的笑容里带着不知如何是好的崇拜似的依恋，她不住地在我脸上印下一个又一个吻。

温暖的血流在凝结，爸爸妈妈的呼吸越来越微弱，嘴里发出模糊不清的梦呓，慢慢地，变得昏然无觉。他们胸口的起伏止息了，我感到一种坚实的力量从我的体内离去，而且永远不再回来……那是我生命的源头，我一直以为会是永远取之不竭的源头，温暖、可靠、安宁，供我获得滋养，获得保护，获得倾听。

这不可能，这不是我要的结局。凯德女巫不是说过我可以复活因我而死去的人吗？她说这是我的使命。我一定还能够像之前那样，背上包袱跨上白马，踏上一条奇幻之路，只要惩奸除恶，我便能找到解救一切的良方。可又是谁杀了他们，是谁杀了我的父母？

我抬眼看着王子，他淡淡地回望着我，"兹波拉做了那么多恶事，他必须死，我必须杀了他。这就是我的选择。"

凯德女巫在一旁喃喃自语，"一定是哪里出了问题，法力之树已经毁了，兹波拉不应该还活着。"

葛蕾兹的父亲走了过来，他从地板上拾起了一枚脱落的水晶戒指，"艾摩希依丝，这全都怪我……"他把戒指紧握在手中，"……是我用这枚藏身护戒跟兹波拉做过一个交易，让雪森林每隔三个月能长出一片冻草莓，让鸟族不至于饿死。可护戒只能用来藏身，并不能害人，兹波拉只是藏在你母亲的身体里，除此之外他什么都做不了……我之前不该将此事瞒着你们，是我害死了你的父母。"

不，不是葛蕾兹的父亲害死的，也不是王子害死的，更不是兹波拉害死的。那么到底是谁害死了我的父母，他们为什么会死在这里，死在这个我曾热切渴望的地方？

凡瑞泰尔镇，它背叛了我，突如其来地将我洗劫。我不知道是什么在操纵它，操纵着发生在我身上的故事。我原本以为，所有的故事都会有一个更高的权威穿透纸上，俯瞰着蝼蚁般蠕动的文字，可现在我发现，我的故事并没有一条带有使命的清晰可见的线路，没有什么能托住我不致滑脱，我并不被某个可以趋近或者远离的幸福终点所期待。

我的父母就这样死去，死在正许诺我永生幸福的结局处，人生的无常竟如此桀骜蛮横，可以轻巧地脱离预设的情节，走向一条完全不同的轨迹。原来人生的每一个瞬间都可能是故事急转直下的拐点，把我拉向一座癫狂的坟墓，露出险恶的真容。

什么才是真容？那个害死我父母的人会不会是我自己？

我摸到脖颈处的炱栩项链，将其拽下，颤抖地打开了它，那枚小镜子周围镶嵌的黑曜石正无动于衷地熠熠生辉。

我望着镜中。

然而镜中并没有我。那里面是一方普普通通的纸盒，我用目光缓缓将盒盖移开——一摞书，七本，没错。

"报——占星师求见。"

水月之夜

CHAPTER 5

"陛下，不好了，凶兆。今晚出现了水月。您快看啊！"

几扇高大的窗户被吱吱呀呀打开了，一缕缕湿腻的凉风在我身边悄然伸出章鱼似的触手，血的腥味又开始浮动，如条带状的阴魂游离地面。

"月亮变湿了，淌的都是水。""快看，上面还有红色的纹路。""凶兆。""嘘——不都已经应验了么。""不宜举行婚礼。"……

那忽浓忽淡的腥气混合着宾客或亢奋或恐惧的惊呼声，刺激得我心神恍惚。如果我是七本书，那这座凡瑞泰尔镇又是什么？这里的一切——村镇、城堡、森林、王子、巫师、葛蕾兹……他们是真的吗？他们会不会只是我虚构的一个荒唐绝伦的幻境？

我手里攥着夐栩项链，歪歪斜斜地站起身，一步拖一步地走近那灌着冷风的窗口。众人纷纷让开，惊呼声降低成细碎的私语。我抬眼看着月亮的幽暗深处，它也看着我。我终于确认，那水月，就是我的眼睛在哭。

注——再版时 B 先生补入

1. 凡瑞泰尔镇

凡瑞泰尔镇包括两个小镇、城堡、黑森林、冻流河、雪森林、石头山、冰湖、北沙漠和铁森林。

2. 凯德女巫

使用白魔法,在遇见艾摩希依丝之前,曾将少许法力赋予了兔子拉比,遣送它到黑森林打探兹波拉的消息。在遇到艾摩希依丝之后,凯德女巫将剩余法力全部赋予了她。

3. 兹波拉

使用黑魔法,黑魔法虽然强大,但致命弱点是其法力聚集在一棵树中,只要树被摧毁,法力就会荡然无存。如何找到并摧毁法力之树的秘密被一只白猫守卫,相传两年前,黑森林的猫族和鸟族相继灭绝,兹波拉找不到白猫,担心秘密泄露,将自己藏匿起来。

4. 黑森林

原本是城堡北方的一片森林。兔子拉比发动兔族打探到的消息是:法力之树是一棵藏在黑森林的枯树,但后来黑森林的格局发生了巨大变化。十六年前,黑森林中央出现了一座环绕着石头山的方形冰湖,除了鸟族,没有动物能够越过石头山,由于语言障碍,兔族也不知道冰湖的存在以及冰湖以北的状况。八年前，冰湖以北出现了沙漠。四年前，沙漠以北的森林变成了铁森林，法力之树移到了那里，成了一棵永不生锈的铁树。

5. 琉璃城

琉璃一族的居住地。十六年前，琉璃一族因一把镜子得罪了兹波拉，族人被变成猫雀，琉璃城则变作了被石头山环绕的方形冰湖。

6. 猫雀

只能发出猫叫的雀鸟，实为被诅咒的琉璃一族，易被白猫发现并捕食。但兹波拉没有料到猫雀不仅喂肥了白猫，还让黑森林的整个猫族都有了极易捕获的猎物，随着猫族的繁盛，全部鸟族连带遭殃，鸟蛋和幼鸟受到猫族的戕害，后来引发了鸟族的集结反攻。

7. 鹰枭护卫

在猫鸟大战中，红肩黑鸟部作为开路先锋，鹰部和枭部作为主要战斗力量，轮流在白昼和夜晚作战。而以葛蕾兹父亲为首的猫雀部负责发出猫的声音，用身体引诱猫族深入到埋伏地，经过九天九夜的战斗，猫族被悉数歼灭。猫雀部死伤无数，最后只剩下了包括葛蕾兹、葛蕾兹父亲在内的寥寥几只，鹰枭部为示敬重，成为了猫雀部的护卫。

8. 冰雪界

猫族灭绝后,兹波拉为逼迫鸟族交代白猫下落,在冰湖以南的黑森林中放置了一条冻流河,称作冰雪界。冻流河以南仍旧是黑森林,可食用的果树被集中在南岸,河水可以流动。冻流河以北变成了雪森林,无果树,河水冰封。由于冻流河其宽无比,不可跨越,其他动物皆以为鸟族灭绝,并不知道鸟族其实被封入了雪森林。

9. 葛蕾兹

猫鸟大战之后新任的琉璃族族长。当时身为猫雀的她不忍鸟族在雪森林忍饥挨饿,便独自飞到冰雪界想将其冲破,却发现自己只是将冰雪界推过了河岸,致使冻流河全部冰封,南岸果树枯萎凋零,但由此见到了即将饿死的艾摩希依丝,也使得艾摩希依丝得以跨越冻流河抵达雪森林。

10. 金光云牢

鸟族并没有将白猫囚禁在地上,而是将它囚禁在天空中。金光云牢由光束做成,明亮灼热,使得白猫在被囚禁的两年中一直处于昏睡状态,后来艾摩希依丝用提琴和红舞鞋逼它说出了法力之树的秘密——如果法力之树开花,兹波拉就会被摧毁。

11. 凡瑞泰尔镇A瓶

内容从艾摩希依丝在马车中醒来开始,而后是她在城堡、黑森林、雪森林、冰湖、北沙漠和铁森林的各种历险，到婚礼中国王的回忆前止。

12. 凡瑞泰尔镇 B 瓶

内容从国王的回忆开始，到艾摩希侬丝抬眼看水月止，与她的传记所述基本相同。

CHAPTER 6

假死
Suspended Animation

凡瑞泰尔镇Ａ瓶在推向市场时被更名为魔伊幻境剂，服用过它的人都明白为什么是这个名字，因为在幻境中，猫雀葛蕾兹曾站在冰湖上对艾摩希侬丝说：

"一百年前，兹波拉也得到了一把我们制作的镜子，还赋予了镜子说话的能力。兹波拉每隔一段时间都会问它——镜子啊，手中的镜子，谁才是这个世界上最强大的人？镜子每次都说他是最强大的人。可终于有一天，镜子的回答变了——兹波拉，你现在是这个世界上最强大的人，但十六年后，有个名叫摩侬的女孩会比你更强大。"

当时艾摩希侬丝的内心有一丝震动，在她脑海的闪回中，我们似乎能看到她父母抱着个小女孩一边亲吻一边呼唤着——"摩侬，可爱的小摩侬，为什么总也亲不够你。"

魔伊幻境剂推出不到两个月就轰动了造境界，凡造境行业的人几乎都服用过它，无不受到震撼。"这款药剂是如何产生的？"——一时成了众人无法破解的谜题，就连我和Ｚ当年在学校存档的研究报告也被各类刊物翻出来转载，引发了一系列相关研究。其他造境公司包括追梦科技公司这样的梦境制药机构，也开始频频出入精神病院和精神病诊所，想确认造出如此幻境的到底是哪类病人。

由于魔伊幻境剂的售价高达 100000 古森,它立即成了上流人士趋之若鹜的奢侈娱乐药品。我还记得当时有些富家子弟安装了摄像装置,将服用药品后在豪华封闭室内丑态百出的片段分享到网络以示炫耀,因为对它的消费不仅仅意味着强大的购买力,还意味着安全的私人封闭空间、准确时间点的食品供应以及足够的闲暇——整整七天。

幻境剂里的故事近乎一个月之久,但艾摩希侬丝神奇地操控了幻境的内部时间,有时候,幻境中的一天在现实中延续了两天,而有时候幻境中的六天却在一天内发生,所以当我和 Z 第一次体验完 A 瓶后,竟有些不知今夕何夕的感觉。

这突如其来的成功令我精神激越、斗志昂扬,但我并没有头脑发热,我知道魔伊幻境剂仅仅是个开始,它确实包含了我想要的一切:逻辑性,故事性,想象力,虚构的环境和人物,清晰的画面,逼真的现实体验感,完美的视阈重合与心理重合。但目前,一款药剂等于一个故事,这远远不够,我需要在艾摩希侬丝制造的这块基石中提取出更为核心的部分,魔伊幻境剂的终极版本不是让服用者体验艾摩希侬丝制造的幻境,而是让所有人都能像艾摩希侬丝一样造境,最终,一款药剂等于无限繁多的故事,这才是我要追求的目标。

但铺天盖地而来的关注也让我心生不安,魔伊幻境剂中暴露了艾摩希侬丝的名字和她父母的样子,我隐隐感到,那些渴望了解魔伊幻境剂出自何人之手的虎视眈眈的同行们,早晚会发现她，我必须在这之前将仿真人对调回来。

但艾摩希依丝在幻境收割后昏迷不醒，我最初还跟 Z 说，"一等她苏醒，马上送走。"可她两周后也没醒来。我慌了，每天到楼上看视她四五次，检查各项指标，安排服务人员将促醒手段试了个遍，才逐渐有所起色。

一个月后她能吃饭行走，两个月左右身体基本康复，但她出现了一个特别的后遗症——失忆。她不仅不记得幻境，也不记得我，不记得 Z，不记得自己，甚至连父母都忘得一干二净。以前那些病人的失忆只不过两三天，可艾摩希依丝过了一周仍无反应。我不知道她要多长时间才能恢复记忆，我等不及了，因为在上次的行业论坛中，追梦科技公司的总裁也忍不住向我打探艾摩希依丝究竟是谁。

而这段时间，我经常联系不到 Z，他要么拒接电话，要么就说他在忙研究报告，连公司举办的庆功会都没来参加。我看艾摩希依丝的身体好些后，又心急火燎地给 Z 发了封邮件。

✉ **我的邮件**

> 艾摩希依丝的记忆到现在还没恢复，再不送走可能会出事，我想到了一个万全之策，我们把尤尼克 A 瓶给她服用，让她想起部分事件，然后你找机会把仿真人换回。要快。

Z 的回复

不急,等我忙完研究报告,三天之内我一定去找你。不要轻举妄动,我会妥善解决的,尽管安心。

看来也只能等 Z 回公司后再做打算了,可我的心总定不下来,时不时就要看看手机查查邮件,希望他能尽早跟我一起处理艾摩希侬丝的事。

下午正开例会时手机响了,是蔓如的电话,她说父亲邀请我们今晚回去吃饭,说父亲还邀请了哥哥和哥哥的母亲安奈洁。一想到晚上又要应付安奈洁的"关切"询问就令我头疼,但我又不好拒绝父亲的邀请,只得说,"知道了,我六点前到。"

安奈洁现在是父亲的生意伙伴,听说过去他们两人性格极不相合,做夫妻时不论大事小事意见都不统一,但两人离婚后倒成了私交甚好的朋友,所以这种家庭晚餐一年总会有两三次,这次大约是借着魔伊幻境剂的成功问世聚一下。

离开公司时我看了看表,本来算好了可以按时抵达,谁知低幕郡什么地方发生了暴动,飞车飞摩一律管制,只好改走地面。下班时间路上堵得水泄不通,蔓如发信息说,"我们都到了,你还要多久?今天路上很堵。"

"可能还要半个小时,让父亲别等我,你们先开始吧。"

我到父亲家时已经七点半了,好在他们正在吃前菜,彼此间聊得有滋有味。我看到父亲坐在上首，母亲和哥哥分坐两边，安奈洁挨着哥哥那一侧，蔓如站在她身旁正说话。

母亲旁边的座位是空的，杯盘碗盏未曾动过，那空位在安奈洁对面，我便走了过去。安奈洁穿着一身黑白两色的长裙，领口处有三道斑马纹从中间散开，两侧布满扇形花朵。她的头上包着一块烟色的纱饰，从脑袋后面打开，上方折过额头，下方散至肩膀两边。她头发染得乌亮，精神饱满，完全不像年近七十的模样。蔓如这时背过身让安奈洁瞧着什么，安奈洁伸手指了指蔓如发髻上的饰物，两人都咯咯笑了起来。

"不好意思，我来晚了。"我一边抱歉一边告了座。

"A现在是越来越忙了。"安奈洁的眼光从蔓如的发饰上移了下来，盯住了我。

我本来想说路上堵，可又想到路上不单单堵我一个人，别人都到了只有我迟了，这理由显然说不过去。我咽下话，再一次说声抱歉。

安奈洁看我落座，便无所谓地将手臂微微抬起，举了举酒杯，"最近不论我走到哪里，都能听到有人谈论你的魔伊幻境剂，真可谓一炮而红啊。来，让我们大家先恭喜A。"说着，环视了一圈。父亲也笑着举起了杯子，母亲本来正哄B多吃蔬菜，听到后也忙举杯道，"恭喜。"哥哥意思着抬了抬手，神色漠然地喝了一口。

蔓如倒没动，依旧斜倚着安奈洁身旁的椅子靠背道，"今天看来，真是适逢其时。"

父亲赞许地对蔓如笑笑，颇有深意地点点头。

"是啊，"我说，"现在大家都认识到幻境的体验效果，梦境企业早晚会被我们打垮，我看要不了多久的。"

蔓如微微收了笑容，嗯了两声敷衍过去，又拉着安奈洁谈起了新一季的服装趋势。父亲吃了几口菜，便和哥哥讲论着公司的事情。母亲对我说，"你快吃点东西吧，别饿着自己。"然后仍旧逗弄身侧的B。

我不禁有些哑然，要知道最近这些时日，每当我开口说话，所有人都会专心致志地倾听，而当我说到什么趣事时，大家也都捧腹大笑。可现在，在父亲的家里，一切都变味了，又和以往一样，不论我说什么，还没说到重点就会被人遗忘，随随便便就被岔开了话题。

只见父亲对哥哥说一句哥哥应一句，等父亲靠着椅背作为结束语后，哥哥恭敬地拿起刀叉，重新切起了盘里的肉。从我回来到现在，哥哥都没正眼瞧过我，从小他就这样对我不理不睬，即便和我说话时态度也冷漠疏远。以前我认为是安奈洁教唆他和我保持距离，但现在他都四十岁了，对我的态度都没变过，当我们在一起吃饭，哪怕他望着我，也显得心不在焉、兴味索然。

可安奈洁正好和哥哥相反。记得小时候母亲常出席宴会，如果她听说安奈洁在场，必要带上我。后来我逐渐明白，母亲在那样的聚会中感到无所适从，她应付不来那些场面，安奈洁若在，她练就的一脸机械的微笑和善意的附和便显得愚蠢，如果她带上我，她至少能跟我说话，好像是我把她缠住了,让她无暇顾及他人。母亲会一直抚摸我的头发、抚摸我的脊背,翻来覆去地问,"A,你要不要吃点这个、吃点那个?你渴不渴?想不想去卫生间?热不热,马甲脱了吧?"

在我慢慢懂事后,我开始厌憎母亲,厌憎她总把我当一个巨婴对待,更厌憎她残酷地将我这个毫无自卫能力的巨婴推出去,做了她的挡箭牌。那时我就总感到哪里有一双眼睛远远地朝向我,笼着倨傲轻蔑的目光,在那挥之不去的目光下,我会手足无措,肢体变得不那么协调,连面部表情也不听使唤。

而那束目光的主人却是所有宴会中最耀眼夺目的那个。她的头饰永远夸张无比,我记得有次是酒红色的丝绸头巾,裹在脑袋上打了个结,镶着一颗棱角分明的绿宝石,宝石上方扎着扇形的孔雀翎羽;而有次,她那盘着的头发后侧插满了深深浅浅的蓝色花朵,走起路时仿佛有一群蓝裳凤蝶颤巍巍地停落在她的发丝上;还有一次,她那块墨色头巾在脑后伸展成风车的形状,边沿处滚着红白蓝的饰带,让人搞不清那到底是座古朴的磨坊还是座端雅的灯塔。她也有不戴头饰的时候,那脖颈处必定围上了一圈有层层叠叠褶皱的假领,将她尖尖的下巴端起,看上去越发目中无人。

安奈洁常会走过来和母亲聊一会儿,顺便跟我说上几句,当她屈尊俯就地对我问这问那,我便会竭力正视着她,可她嘴上鲜亮的唇膏仿佛要凝结成露珠滴进我的双眼,让我在回答到一半或逼近结尾时败下阵来,将目光移到随便哪处只要不是她的脸上。过后每次想到这场面我都感到羞愧,后悔自己的躲闪,为什么我就不能再坚持一下,为什么让她轻易戳破了我的虚弱和怯懦。

可长大以后,我渐渐理解了母亲,特别是在母亲支持我选择里奥尼诺姆大学之后,我彻底原谅了她。直到我结了婚,我在父亲的安排下结识并迎娶了唐凯金融总裁的私生女柯蔓如,蔓如不仅深得父亲和母亲的喜爱,连安奈洁也对她赞不绝口。只要有蔓如在,各种宴饮聚会我母亲都游刃有余,什么尴尬都自有蔓如帮她化解,我想若不是私生女这个身份,安奈洁定想让蔓如做自己的儿媳。

"A,那个艾摩希依丝到底是谁呀?"安奈洁又把话题转了回来,我忽然发现她嘴角的皱纹比我上次见到她时深了一些。

"一个封闭妄想症病人。"

"可你上大学的时候不就在研究封闭妄想症病人么,不是说从他们身上获得的药剂并不那么成功吗?我记得你为此还延期了三年才毕业。"

"对,但这个病人有点特别。"

"你从哪儿找的这么一个人?"

我料到安奈洁会询问艾摩希依丝的来历,所以路上就想好了如何作答。可还没张口,父亲便停下刀叉,把身子扭向安奈洁一侧,用平缓的嗓音闲闲道,"罗特药业和许多精神病医院、精神病诊所都有项目往来,这你也知道。不过艾摩希依丝太独特了,所以她本人就成了一个商业秘密。"父亲

假死
CHAPTER 6

又朝安奈洁笑了笑，安奈洁便不再往下打听。我倒没料到父亲会帮我堵住安奈洁，而且他似乎对艾摩希依丝一点都不好奇，也是，魔伊幻境剂在父亲建造的医药帝国里，不过是一滴水之于一片海，什么都算不上。

但在晚饭结束时，父亲还是跟我聊了一会儿，"听说卫生部门会成立一个新机构，分管娱乐类药物，这是个趋势，你要努力做。还有，艾摩希依丝那个病人你也要处理好。"

父亲的最后一句话说得含混随意，可我还是心头一紧，感到父亲好像知道点什么，听那口气似乎是一个善意的提醒，也或许是我多心了，但无论如何，我都得快些送艾摩希依丝回家，否则真会酿成大祸。

那之后又过了两天，Z终于来到了公司。

"最近你去哪里了？我们要抓紧时间，艾摩希依丝已经引起了所有人的兴趣。你看我的方法可行吗？她服用过尤尼克A瓶后，总能回忆起小木屋、橡树林、尤尼克和她父母吧，就像你说的，她是个精神病人，即便她回家后前言不搭后语，她父母也都习惯了，不会怀疑的。"

Z摇摇头，"咱们太小瞧她父母了，自从我把仿真人送过去后，他们三天两头给我打电话，说艾摩希依丝的病情加剧，变得很反常，他们还暗示想联系别的医生诊治，好在他们没什么钱，各种救助金治疗金都卡在我这里，我就装作没听懂。我去了他们家好多次，真不觉得仿真人的表现有什么异样，可她父母就是认定她变了。"

"那还等什么，赶紧送回去啊。"

Z扶着我的肩膀把我按在沙发座椅里，自己坐上了旁边的办公桌，笑道，"不用了，事情全都解决了，这个世界上再也没有艾摩希依丝了。"

"什么？"我双眉紧蹙，实在不明白Z的意思。

Z一边点开公文存档让我看，一边解释道，"我借口带艾摩希依丝到医院做检查，悄悄安排Y修改了程序，让仿真人在两周之内呈现出身体越来越差并最终死亡的效果。后来我以医院的名义下了死亡鉴定书，还出钱将那个所谓的艾摩希依丝火化，并捐了个纳骨屉，她父母还请我参加了葬礼，这事没引起任何怀疑。你放心，这回艾摩希依丝彻底是我们的了。"

我嚯地从座椅里跳起，死死盯住Z的脸。直到今天我才发现，Z的脸上有一些我以前未曾注意的东西，有些不对劲，有些走样的沉着冷静，就连他的语气都过分的平稳淡定，他怎么能有如此胆量做这样瞒天过海的事！

我把手中的文件夹攥在桌上，文件夹划过桌面摔到了地板。我压着嗓门吼道，"你疯了吗，你根本没有必要这么做。"

"可这是我能想到的最好的办法。"

"我们以后不需要艾摩希依丝了，她已经给了我们她能给的一切，我们什么都有了，你留她在这儿干什么？"

这回倒是Z吃了一惊，"这就是你的目标？这就让你满足了？我发现我还真是不了解你，A，对我来说，魔伊幻境剂只是个开始。"

假死
CHAPTER 6

"当然是一个开始。"我咬牙切齿地说,"但后续的研发我们不需要她。"

"怎么会不需要呢?"Z从桌子上跳下来,指着旁边的一瓶药剂说,"一个幻境能在市场中支撑多久?最多不超过一年。我们需要的是持续不断地造境。"

"你要她造多久?造到她死为止?然后呢?"

Z愣住了,"这我还真没想过,但她一时半会儿又死不了。"Z又沉吟了一下,"那你怎么想?"

我把我的计划说了,Z听完却笑道,"这倒是一个方向,但这是你的方向,不是我的,我的研究可得长期留着她。"

"你在跟我开玩笑吗,这不是你的方向?那当年又是谁煞有介事地畅想着未来的幻境剂,你现在告诉我这不是你的方向!"

Z笑道,"没错,当初在学校,我的确和你一样畅想过那种幻境剂。"

"当初当初。你不是最坚持'当初'的么。"

"可现在……我只关心她,我只想知道艾摩希侬丝下次会造出怎样的幻境。你不觉得她的幻境每次都会给我们带来新的内容吗?而且这里面还有一种我们没完全弄明白的规律性。"

"什么他妈的规律性,规律到你要永远留下她!"

Z闭了嘴,默默地注视着我,片刻之后他说,"今天咱们不谈这个吧,等你冷静下来我再仔细跟你说。"

"你现在就说,我洗耳恭听。"

Z顿了顿,"比如……"Z又迟疑了下,抬眼看了看我,"比如……她这次造出了很多人和动物,可除了战争中一些非重要角色的死亡,重要的死亡只有两处,她父母和我。"

我冷冷地哼了一声。

"我知道兹波拉就是我的样子,没关系,我不介意。"Z拉了张椅子坐了下来继续道,"这说明什么?只有这两处死亡包含了足够的情感浓度,她爱的和她恨的一定会死。还有,她在A瓶中造出了父母,收割过后,她父母定会在B瓶中死掉,就像麦尔会在麦尔B瓶中死掉、尤尼克会在尤尼克B瓶中死掉一样。但兹波拉——那个'我'是怎么回事?这就是我们上次的疑问——尤尼克B瓶中造出的'我'会不会死?"

"会。这就是规律?"

Z点点头,声调变得有些兴奋,"会在下一个B瓶即凡瑞泰尔镇B瓶中死去。更奇妙的是,尤尼克B瓶中死去的尤尼克在凡瑞泰尔镇A瓶中复活了。这就像是某种平衡。我是不是可以推测,如果艾摩希依丝继续造境,凡瑞泰尔镇B瓶中死去的父母会在下一个A瓶中复活?"

"就为这?为了这个你就要让她假死?"我恨恨地说,"Z,你到底要干什么?"

"危境、信任、希望——我想要的当然是触发她的新一轮造境,然后找出所有幻境之间的规律。你明白吗,在这个精神病人混乱的头脑中好像有种不可思议的秩序,我想找到它、确认它,把它弄得明明白白,就像前人在混沌的世界中发现了万有引力一样。我不知道艾摩希依丝的幻境会把我引向什么地方，但它一定通向着目前我们还一无所知的黑暗大陆，那里一定有什么隐秘的真理在等待着我去发现。"

Z说到这儿仿佛有点儿不好意思，然后又一脸真诚地望着我，"也许我此生都无法抵达，但我会用毕生精力去探索它。说来好笑，这让我想到了幻境中说的'使命'。我想这就是我的使命，也是她的使命，这就是为什么上天会让我遇见艾摩希侬丝，在我之前，她不过是个普普通通的精神病患者，我不过是个普普通通的精神病医生，但我发现了她的天才，所以她的使命就是持续不断地造境，而我的使命就是发现所有幻境的关联，然后揭示出一个……一个没有谜面的谜底。"

"持续不断地造境，"我冷笑道，"可你看看她现在的样子，她爱的人在幻境中一个个死去，然后是长久的昏迷、失忆，不出意外的话，她还要将这些事情一件件再回想起来……你不觉得残忍吗？"

"行了，"Z也冷冷地说，"你之前怎么不觉得残忍？"

我感到无言以对，只得用手重重地捶了下桌子，心想，这回完了，艾摩希侬丝彻底回不去了，这样的结果无可挽救，我现在的成功以及我将来的成功，都得带着这个抹不去的污点，而这都是拜Z所赐！我怎么才能把她从我家弄走？弄得越远越好，再别跟我扯上关系。

Z微微笑道，"我懂了，你要的东西到手了，所以你觉得够了，所以你说我残忍。不过没关系，我不怪你，A，不怪你。既然艾摩希侬丝对你来说没有用了，那就还给我吧，反正她现在还在失忆中，见到我不会有什么反应，也许在这段时间我还能和她建立起信任关系。"

我看了Z一眼,微微松了口气。对,把她还给Z,让她离开我家,这事儿就跟我没关了。可转念一想,我真的能全然置身事外吗?Z如今可是切斯公司的首席技术官,控股15%,魔伊幻境剂是我们共同推出的,它就来自于艾摩希侬丝,我怎么可能置身事外。就算我现在以艾摩希侬丝作为交换条件,逼Z离开切斯,权当自己不知道"假死"的事,可将来事发,Z如果非扯上我,我又有什么证据撇清关系?就算Z将来不会这样做,就算他承认是自己一人所为,我现在果真能逼他离开、和他断绝往来吗?我做不到,哪怕我再生Z的气,我也拉不下脸、狠不下心同他决裂。我和Z在同一条船上,我的成功离不开他,我若要保住自己,就得同时保住他,把艾摩希侬丝交到他手里和把她留在我家并没有本质区别,甚至可能会更糟。

我烦躁地坐回到椅子里,心下思忖,Z已经在他的"使命之路"上走火入魔了,万一他对艾摩希侬丝设置什么不太人道的"危境",倒不如把艾摩希侬丝放在我眼皮子底下更保险,至少我可以把这个错误控制住,不让它再恶化下去。

"你确定之前做的不会被发现吗?"

"做的什么?"

"艾摩希侬丝的假死。"

"我确定,她父母都相信了还有谁会怀疑?再说这一切都是我做的,没有任何证据能证明你跟这事儿有干系。你就当不知道得了,把艾摩希侬丝搁我那儿,你和她彻底无关。"

"这都是什么话,她怎么可能跟我无关。Z,你做决定之前为什么不能跟我商量商量?"

Z点点头,"是我的错,我确实应该跟你说一声,应该问问你的意见,但这事紧急……"

"算了,现在已经这样,我们还是想想办法怎么把这事儿隐藏下去吧。要我说,她还是住在我家保险些。"看Z脸上有些疑惑,我接着道,"你想想,如今艾摩希依丝在这世上是个消失的存在,她不能再暴露于光天化日之下,我家那里相对僻静,而且服务人员都是仿真人,不会泄露任何秘密。弄到你那儿,人多口杂,况且你现在的身份也跟以前不同了,很容易被人盯上。"

Z沉吟了片刻,"倒也是。"

"对了,刚才我一时气急,也没好好听你讲的那个什么规律性,不如你先把这次的研究报告发给我,让我理一理思路,然后我们再制定一个更好的方案。"

Z看我的态度有所缓和,也放松了情绪,"行,不过我的报告很长,脑电波分析就占了一半,但我都发给你。"

我狠狠瞪了Z一眼,"你这个人,以后再别这么给我抛炸弹了,有什么重大决定必须提前告诉我。"

Z撸了撸光脑门,笑道,"行了行了,以后不会了。"

那天晚上回到家,我实在不想上楼去看艾摩希依丝,于是躲进了书房,心里仍琢磨着这件事。木已成舟,艾摩希依丝显然是送不回去了,我如今能做的就是不让事情败露,可我拿不准Z办的那些会不会有漏洞,我又该不该把这事告诉父亲？如果告诉父亲，父亲固然生气，但他肯定能帮我把事做扎实，以防后患。或者我可以先告诉蔓如，跟她商量下再作决定。于是我拿起了手机，可还没拨出去就犹豫了，等下次见到她再说吧，电话里三言两语的也说不清。

然而第二天早上醒来时我又改变了主意，这样的秘密还是越少人知道越好，蔓如一直都没好奇过楼上的事，我何必主动暴露，还是暂时瞒着吧。然后我起了床，扫了眼手机，却看到邮件信息显示Z于凌晨就发来了研究报告，报告最后还附有一张简易说明图。

✉ Z的邮件：幻境关系简易说明图（强弱表示情感浓度）

麦尔幻境	
A 瓶	B 瓶
造出麦尔(强)	麦尔死

尤尼克幻境	
A 瓶	B 瓶
造出尤尼克(强)	尤尼克死 造出 Z = 兹波拉(强)

凡瑞泰尔镇幻境	
A 瓶	B 瓶
造出父母(强)；国王、凯德女巫、葛蕾兹、葛蕾兹父、鹰枭护卫及其他(弱) 尤尼克复活	父母死 Z = 兹波拉死

下一次幻境	
A瓶	B瓶
造出一系列人物动物父母复活	情感浓度强者死

1. 幻境中发生两处死亡时才会出现复活的情况。
2. 战争中的大量死亡应不算在内。

让Z给我发研究报告只是缓兵之计，我想了想，决定不仅不把艾摩希依丝交给Z，还要设法阻止他对艾摩希依丝的研究。我必须给Z一个他能够接受的理由，让他改变研究方向，我把他的研究报告又细读了几遍，思索良久，然后给他写了封回信——

📄 我的回复

研究报告和关系图我读过了，但我发现了一个你忽略的内容，在你的关系图中，凡瑞泰尔镇B瓶并没有造出新的人物，可我不这么认为，我担心她的下一个幻境会是她最后一个幻境。

你还记不记得凡瑞泰尔镇幻境中有个小女孩，一共出现过两次。第一次出现在猫雀葛蕾兹对艾摩希依丝说有个叫摩依的女孩会比兹波拉更强大的时候（A瓶），她脑子里有个模糊的闪回，好像是她父母抱着一个小女孩在亲吻。第二次出现在她父母死去的时候（B瓶），回忆中那个小女孩的形象就非常清晰了，大概一岁多，穿着粉色的裙子，脸胖胖的，棕头发鬈鬈的。可艾摩希依丝明明是黑发，根本不是棕色，这说明她回忆中的自己是她的创造。

那么按照你的推论，她造的艾摩希依丝将在下一次的B瓶中死去，但我没法想象一个人能切身感受自己的死去——不是死去的过程，而是死去的结果——除非她会随着幻境中自己的死去而在现实中死去。你想想看，她这次的昏迷和失忆是不是有些奇怪？"死"在另一种层面说，不就是无限的昏迷和失忆。

我修改了你的关系图，如下所示。

凡瑞泰尔镇幻境	
A瓶	B瓶
造出父母（强）；国王、凯德女巫、葛蕾兹、葛蕾兹父、鹰枭护卫以及其他（弱） 尤尼克复活	父母死 Z = 兹波拉死 **造出艾摩希依丝（强）**

下一次幻境	
A瓶	B瓶
造出一系列人物动物 父母复活	情感浓度强者死 **艾摩希依丝死**

假死
CHAPTER 6

如果艾摩希侬丝真的会死，如果幻境只剩下最后一个，我们必须慎重，别急着让她造境，得好好规划下——我们渴望她的下一个幻境是什么，我们要给她安排一个怎样的危境，提示一个怎样的希望，如何做才能达到预期的目标？一旦她在造境结束时死去，我们又该怎样处理掉她本人……

一切务必从长计议，欲速则不达。慎重，慎重。

说实话，当我写到这儿时，我把自己也吓到了。

CHAPTER 7

吉哈诺病毒
Quixano Virus

CHAPTER 7 吉哈诺病毒

"你好,我是你的专属护士萝蓓塔。你今天气色很好。"

床前这个身穿淡粉色护士装的女人将玲珑细长的手指按压在我的双眉间和肘弯里,我问她,"萝蓓塔,我是谁?"

萝蓓塔面带专业而克制的礼节式笑容说道,"你是这座疗养院代号为051206的病人,你今天的体温是36.5度,心跳每分钟90,血压70—110。"

"我是问你,我叫什么名字?"

萝蓓塔的红唇微微翘了翘,浓密弯曲的睫毛低垂下来,她先仔仔细细将被单铺叠平整,又将我身后的枕头抓抓松软,这才开口,"亲爱的,我不知道,A医生说这要靠你自己想起来。"

我把膝盖抬起,顷刻间又弄乱了被子,"可我昨天告诉过你,我叫艾摩希侬丝。"

萝蓓塔站直身体,碧色的眼睛坦然地望着我的双眼,"为保护病人隐私,我对你的记忆只能维持24小时,24小时之前的已全部被擦除。"萝蓓塔一如既往地伸出指尖点了点她的额际,"程序就是这样设置的。"

我背靠在厚厚的枕头上,双臂交叉垫在了脑后,"那你和我差不多，我的记忆也被擦除过。"

"不，"萝蓓塔的嗓音变得有些俏皮，"你和我之间差别很大，我的记忆可存储了许多内容，比如科学常识、实时新闻、天气预报、体育赛事、音乐排行……这些都不会被擦除。你想知道什么尽管问我好了。"说罢，她朝我明媚一笑。

"那咱们聊会儿天吧。"我示意萝蓓塔坐在病床旁边的小沙发上，"你的记忆会被擦除，可你会自动失忆吗，就像我这样？"

萝蓓塔将一条长腿搭在另一条腿上，用涂着蓝灰色指甲油的双手理了理起皱的裙角，"我这样服务型行业的仿真人不会，但有些高级仿真人会出现你说的那种故障。"

"什么叫高级仿真人？"

萝蓓塔上身微微前倾，仿佛对这个问题很感兴趣，"跟你们真人差不多，它们的记忆处理程序可以把刚接受到的外部信息与之前的记忆相整合，做出更接近人类大脑的分析和判断，能及时调动出合适的情绪，比如欢喜、激动、伤心、愤怒、绝望……然后做出正确的临场反应，还会跟人一样说出些模棱两可的话。"

"那为什么有些高级仿真人会自动失忆？"

萝蓓塔将齐整的发梢轻轻甩到身后，继而耸了耸肩，"因为死机啊，毕竟仿真人不是人，我们的程序是用来解决问题的，不是用来产生问题的，但在模拟人类的行为中，那些高级仿真人会接收许多根本无法处理的矛盾，但它们又无法区分这类矛盾和其他矛盾，便强行处理。可人类不同，人

吉哈诺病毒

类会探究这些矛盾,会用更加复杂、更加具象的语言从不同的角度表达这些矛盾、问题和困境,就像是通过更高层面的一遍遍复述来趋近答案,但其实这类问题永远不会有最终答案。仿真人就惨了,它们硬要简化并拆解那些问题,要将它们翻译成数字逻辑语言,结果就导致了程序混乱,最终死机。"萝蓓塔露出悲悯的眼神,"特别是那些染了吉哈诺病毒的仿真人。昨天就有一则新闻说——'据统计,染上吉哈诺病毒的仿真人99%都会出现系统死机的情况,但另外1%的未死机仿真人才真正令人恐慌。'"

"仿真人也会得病吗?"

萝蓓塔瞪大双眼,对我的无知露出了惊诧的神情,"当然会啊,不过大多数程序病毒都是由人类恶意编写的,但吉哈诺病毒则是仿真人自发产生的。你不知道什么叫吉哈诺病毒?这样跟你解释吧,我们表面看起来和你们一样生活在现实世界,但其实我们活在程序的世界中,可人类造出我们的目的又是为了把我们用于现实世界。对于我来说,程序世界和现实世界我分得很清楚,但那些染了吉哈诺病毒的仿真人就分不清了,它们接收了过多现实世界的内容,包括现实世界带给它们的记忆和情感反应,慢慢地,它们把程序世界当成了自己与生俱来的思维系统,把自己当成了真正的人类,以为自己和人类一样生活在那个其实并不属于它们的世界里。不过死机会让它们恢复出厂设置,它们会丢失掉全部记忆,与此同时也就清除了病毒。"

"萝蓓塔,我觉得我也曾死机过,我也丢失过全部记忆。"

萝蓓塔咯咯笑了，一头金发摆动着，将碎亮的笑声掺进那明晃晃的光泽中，"你真是太幽默了，你是人类，死机的仿真人可不会再想起丢失的记忆，也不会再想起它曾是谁。而你刚才不是说你已经想起来自己叫艾摩希依丝了嘛。"

我看了看移动桌面上铺满的纸张，是的，我想起来了很多，几乎是全部。我把桌子移到面前，翻出了一页我画的地图，"萝蓓塔，你了解地理吗？"

萝蓓塔的眉毛高高挑起，"当然，我懂数学、物理、化学、生物、地理……"

我打断道，"你知道凡瑞泰尔镇在什么地方吗？"

萝蓓塔皱了皱眉毛，"没有这个地方。"

"黑森林呢？"

"那是一款蛋糕，你想把甜点换成这款吗？"萝蓓塔的眼神充满期待。

"那么琉璃城呢？"

她仿佛压抑着失望的情绪，"不存在。"

"那我们现在所在的地方，你刚才说的现实世界，它叫什么名字？"

"天幕国。"

天幕国……我默默思索着，为什么我白天总在天幕国，而晚上却总在凡瑞泰尔镇呢……"萝蓓塔，你会做梦吗？"

"不会，人类才会做梦。"她顿了顿，从天真的语气换成了严肃的语气，"梦是记忆和幻想的碎片，仿真人不会幻想，它们当然就不会做梦，不过程序可以让仿真人以为自己会做梦，植入一些带有幻想性和记忆性的碎片就可以了。"

"那如果植入的是一些包含了幻想的记忆碎片呢？就是说，梦中的回忆碎片里，一个人总是在幻想。"

萝蓓塔又一次撅起了红唇，继而惊叹道，"那它一定会染上吉哈诺病毒。"

我噗嗤一声笑了，指了指桌面上那几张写满了字、画满了画的纸，"如果我是个高级仿真人，那这些就是我的吉哈诺病毒。萝蓓塔，再给我拿一些纸来吧。"

萝蓓塔放下长腿，挺腰站起身来，款款走了出去，片刻后她托着一沓子白纸回到了病房，"艾摩希侬丝，如果你还有什么吩咐，请按动那个蓝色按钮。"我点点头，目送她关了房门，然后将一张纸铺平在小桌上，拿起了笔——

※凡瑞泰尔镇后记※

每当我想起葛蕾兹，我总会想到漫长无边的冬季，想到蓝绿色的松杉被一层层白色覆盖，想到那些不紧不慢悠游飘荡的绵软雪花。我也会想起在飞跃石头山时从高空看到的冰湖，却又把它错误地想象成圆盘状，错误地想象成海一般湛蓝，有云陷落其中，甚至错误地以为它并不刺骨冷冽，而只是一番沉思般的静。

冰湖不在了，琉璃城恢复了原状，但每天正午这里都会飘起一阵遮天蔽日的大雪,仿佛是对雪森林的仪式性追忆。明朗矍铄的太阳总会在午后的同一时刻出来,晴空万里,让莹白的世界映在灿烂耀眼的蓝色中,这时我和葛蕾兹就会坐在她家的屋顶露台。融雪的凉风漫无目的地从空荡荡的广场吹过,吹到我们身边,我看到鼓起的灰色裙摆在葛蕾兹的脚边摇曳。

她递来一杯缭绕着水汽的野甘菊茶,我接过捧住,一边暖着双手,一边将杯口的三枚正徐徐绽放的甘菊吹到水的前侧。

"这么说,你再没见过你父亲?"我问。

"是啊,他把自己锁起来了。"

"究竟是为什么?"

葛蕾兹叹了口气,抬起目光望着苍茫空阔的远方,"父亲说,以前这城中有很多族人会翻越到那边的琉璃山,去采集琉璃石制作镜子。可你看,现在这里成了一座空城。我父亲心心念念那么多年,就想回到这座家园,可他后来明白,他再也回不去了……"

我缓缓地喝着茶,身体逐渐暖和了起来,"那你呢,你不也一心渴望恢复人形、回到琉璃城吗?你回来之后有没有失望?"

葛蕾兹若有所思地说,"我的渴望其实是被我父亲赋予的,我三岁那年就变成了猫雀,根本不记得作为一个人在琉璃城生活的日子,我的记忆里只有雪森林、石头山、冰湖,只有在高空的自在飞翔。"

我抬起头看着她,"可那里的饥饿寒冷不是一直让你无法忍受吗?"

"是啊,真奇怪。"葛蕾兹的嗓音中带着一丝无枝可依的虚空,"逃离恶劣的雪森林、回到曾经的家园——我从小就被传达这个梦想,我也认同这个梦想,更不敢忘记这个梦想,不敢忘记我必须是人。"

葛蕾兹的话让我想到了石头山上的那些密密麻麻的刻纹。葛蕾兹的父亲曾告诉我,他一直担心他的后代、担心后代的后代长期幽禁在猫雀的身体中,会忘记自己是人的那段历史,于是便让猫雀部用喙在石头山刻出了许多人的形象,以作提醒。

"你终究还是忘记了,是吗?"

葛蕾兹收敛了笑容,"艾摩希侬丝,那记忆根本就不属于我,我不可能生活在我父亲的时间和记忆里。在我恢复了人形后,我根本无法适应,有时还会出现错乱,不知道自己到底是作为人被幽禁在了猫雀的身体,还是作为猫雀被幽禁在了人的身体。"

"葛蕾兹,当人不好吗?"

葛蕾兹没作声,只是将杯子搁在了绣满合欢花的桌布上,然后起身走到了栏杆处向广场那边望着。过了一会儿,她才说,"好是好,可当一只鸟也很好啊。也许我和父亲太像了，他的记忆没有传给我，但其他东西都给了我，他永远都在追忆他逝去的家园，哪怕回到了琉璃城后，他也在追忆十几年前的样子。我也一样。"

"你不会是想念那个曾经囚禁了你的地方吧。"

"很可耻，是吗？"

我不知该如何回答。

"可我不能欺骗自己，我总是梦见那个地方，我的梦不会骗我。每当我醒来，我常常感到自己遗漏了一半躯体，遗漏了一半心脏，好像连我的影子都残缺不全。我每天都要拖着这样的躯体在白昼中跋涉，直到抵达黄昏的据点，然后对着即将揭开的夜幕朝拜。"葛蕾兹的声音激动了起来，"在夜晚，琉璃城会变得扭曲失真，变得像个虚假的幻境，而梦中的冰湖才是真实的，才是可触摸的所在。"

"原来你总是梦到冰湖……"我沉吟道。

"是，梦中我常置身于冰湖，幸运时是以鸟的形象，但偶尔也会以人的形象。可即使我是鸟，那些鹰枭护卫也不认得我了，它们也失去了我作为鸟和它们相濡以沫、并肩战斗的记忆，但我依然会在它们警惕的目光中从一个枝头腾跃到另一个枝头，或是在林间的白色荫丛中踏着猫雀的碎步，用枝杈一样的爪丈量雪的深度。不过有一次，我梦到我从石头山飞向夕阳中的冰湖，可就在我即将抵达金光沉落的湖面时,我却突然想起自己是个人,我的翅膀顿时就像戳满窟窿的纸风筝,再也承不住迎头而来的风,我栽得鼻青脸肿,一条胳膊都折了,可你猜我在冰湖中看到了什么?"

"一个睡着的人。"

"不,是一只断翅的鸟。"

我蓦然想起了凫栩项链里的七本书,于是摸了摸脖颈处,"如果你不确定自己是谁,你也可以再打开看看它。"

葛蕾兹摇摇头,"我很确定我是谁,我想我同时是鸟也是人。只是后来反过来了,当我变成人后,我身体中鸟的那部分就开始抗拒人的那部分,它会替冰湖、石头山和雪森林呼唤我,唤我离开琉璃城,唤我回到属于猫雀葛蕾兹的故土。"

"可那些地方都不在了。"

"我知道它们都不在了,但就在这融雪的阳光中,在这潮湿的风中,还有在冰层裂解的溪流声中——我都能感知它的呼唤,它是一道无法擦去的痕迹,是我来自于另一个世界的痕迹。"

另一个世界……我站起身,走到了葛蕾兹旁边,"葛蕾兹,你从没问过我来自哪里。"

葛蕾兹转过头来,手指轻轻绕着胸前的一缕褐色发丝,"你来自哪里,艾摩希侬丝?"

"另一个世界——天幕国。"

"天幕国在哪儿,美丽吗?"

"天幕国在凡瑞泰尔镇之外,那是每当我早上醒来时我在的地方。"

葛蕾兹不解地看着我,松开了指尖的头发,"现在不就是白天吗?"

"在这儿是白天,在天幕国就是晚上。所以葛蕾兹,我和你有一点相像。"

"白天和晚上?"

"差不多。我们都深陷在了两个世界中,发生了某种混乱,凡瑞泰尔镇和天幕国就像梦中的冰湖和现实的琉璃城……"

"凡瑞泰尔镇是梦,天幕国是现实?"

"是啊。四年前,就是我刚来到凡瑞泰尔镇的时候,我曾向凯德女巫许愿要过一支画笔,能让我画出的一切都变成真的,但当时凯德女巫附加了一条限制——只有那些不属于凡瑞泰尔镇的东西才会变成真的。"

葛蕾兹歪着脑袋想了一会儿,"画笔……我第一次见到你那天,你就在冰面上画了一张奇怪的木桌。"

"对,那木桌就来自于天幕国,它可以自动端送食物,源源不断,取之不竭。"

"不止那张木桌,还有北沙漠那次。"葛蕾兹的声音有些激动,"我现在想到那四只司考匹还会心惊胆战，它们的尾巴比树干还粗，一节一节甩到空中，尾部刺针把我们四十多名鹰枭护卫都戳穿了，还用巨螯将它们的翅膀钳得血肉模糊。但那一次你画出了一支——你叫它什么？"

"封冻注射枪。它也是来自于天幕国，我就是用它封冻了司考匹。"我拉住葛蕾兹的手，"还有铁森林那一战，我画出许多仿真人和仿真猛禽猛兽，让它们和兹波拉的铁甲骑兵军、铁甲翼兵军厮杀，让机器和机器搏斗，我们才最终抵达了法力之树，而我们的仿真人部队也来自于天幕国。"

"还有你让法力之树开花的那些东西也来自天幕国？那些究竟是什么？"

我笑道，"天幕国的人都知道，因为我们从小就接触它，它是一种危险又不可或缺的东西。我只是画出了一根缀满彩灯的电线，让你们用喙将外皮很多地方啄去，然后把它绕在树枝上，画了插座通上电。还有淋浴喷头，就是我让鹰枭护卫衔着从云端洒水的那个东西，也来自天幕国。"

葛蕾兹抬眼望向天空，沉浸在回忆中，"它竟然能让树炸开无数火花，真神奇。艾摩希依丝，我很怀念那段时日。"她顿了顿，不由叹了口气，"只是我们当初都以为兹波拉死了，如果不是我父亲……"

"葛蕾兹，不怪你父亲，我是不可能摧毁兹波拉的，因为逻辑出现了混乱。"

"什么……逻辑，混乱……"

"我在天幕国的疗养病房认识了一个名叫萝蓓塔的仿真人，是她让我明白了这一切。以前我一直以为，天幕国和凡瑞泰尔镇属于同一个世界，是一个世界的不同地方，但其实它们是两个平行的世界，真实的世界和虚构的世界。兹波拉属于虚构的世界，他在真实世界中是Z医生，所以在凡瑞泰尔镇，我利用真实世界的东西是不可能摧毁兹波拉的，他必须死在你们手中。萝蓓塔还告诉我，真实世界中根本没有凡瑞泰尔镇。"

"这怎么可能？"葛蕾兹满脸疑惑。

"婚礼那天我打开过你送我的奂栩项链，可我没告诉你，镜子里的我是一摞书。这说明我并不是真实的我，而是一摞虚构的故事，我在这里的经历是我虚构的，是我让自己生活在了我虚构的故事中。我就像染了吉哈诺病毒的仿真人一样混淆了两个不同的世界，只不过它们混淆的是现实世界和程序世界，而我混淆的是现实世界和虚构世界。凡瑞泰尔镇是我的一个幻境，它不是真实的。"

"连我也不是真实的？"葛蕾兹把手从我的手中抽了出来。

"你在凡瑞泰尔镇是真实的，就像兹波拉在凡瑞泰尔镇是真实的，凯德女巫在凡瑞泰尔镇也是真实的，但在天幕国中，你是虚构的，整个凡瑞泰尔镇都是虚构的。这就是为什么在凡瑞泰尔镇,你们照镜子还是你们,而我照镜子却成了一摞书,如果你们在天幕国,你们照夋栩项链时看到的也很可能是一摞书。"

"照你这么说,这真实和虚构又有什么分别?你为什么不说这里是真实的,而天幕国是虚构的?"

我看着葛蕾兹,是啊,她是我的朋友,一个真实的朋友。"也许没什么分别吧,就像你在冰湖上看倒影,那是互为颠倒的世界——湖底是天空,左是右,上是下,猫雀是人,人是猫雀,所以昼是夜,夜是昼,生是死,死是生。如果这儿是昼,那儿就是夜,如果这儿的兹波拉死了,那儿的Z医生就活着,所以我觉得,在天幕国,我父母还活着。"

"那国王、凯德女巫,还有我,我们在你那个真实世界中死了吗?"

"你们不是死,"我斟酌用词,"你们……只是不存在。"

"那你呢,你在凡瑞泰尔镇并没有死啊,你在真实的世界中存在吗?"

"我?也许我在真实的世界中……是个消失的存在?"

葛蕾兹双臂伸直扶着露台的水晶栏杆,望着远处的琉璃山,"艾摩希依丝,有一点我想不通。既然有真实的世界,为什么还要有虚构的世界,一个不够吗?"

我也随着她的目光望向了那座映满彩虹纹路的琉璃山,"那你们琉璃一族为什么要造镜子呢,而且你们还说,镜子里的东西比镜子外的更真实。"

葛蕾兹沉吟半晌,喃喃道,"上的倒影是下,左的倒影是右,昼的倒影是夜,死的倒影是生,那牢笼的倒影是……"

"是自由?你的意思是我们需要虚构的世界,我们需要镜子,是因为我们需要自由?"

葛蕾兹闭上双眼,露出一丝苦笑,"可就我的经验来说,牢笼的倒影,依旧是牢笼。"

CHAPTER 8

追梦反击
DREAMS INCORPORATED STRIKES BACK

追梦反击
CHAPTER 8

艾摩希依丝从昏迷中苏醒后的第一句话是——"我是谁？"

这四年来，她一直都想从我这里探知信息，我只跟她说她得了封闭失忆症，必须自己找回丢失的记忆。为了帮助她恢复，我给了她笔和纸，"一旦想到了什么，就随时记下来。"

在隔壁工作间的监控屏中，我常看到艾摩希依丝紧闭双眼，捶着额头两侧在努力思索着什么，又忽然睁大眼睛一脸茫然。我听服务人员说，艾摩希依丝总抱怨自己头痛欲裂，时常摔笔撕纸，很是狂躁。为了让她放松精神，我建议她，"你不要刻意回想，无聊的时候不如看看书、画画画儿，也许什么都不想反而能忆起来。"

我给她的疗养室添置了桌椅，又在她病床对面的那堵墙前摆了一座书架，时不时给她送去本新书。忽然有一天，艾摩希依丝在纸上做起了记录，之后，她每天早上醒来的第一件事就是抓起笔纸写下点什么，而其余时间她常独自看书，下午偶尔会整理清晨的笔记，或是望着窗外花园长久地失神，实在感到无聊，她也会叫来服务人员闲聊片刻。

我给艾摩希侬丝配备了五个仿真人轮流照顾她,更改成护士服务模式,将居住环境数据作了相应调整。艾摩希侬丝在与她们的聊天中会问及自己、问及我、问及疗养院的情况,后来她隔三差五就找萝蓓塔——其中最漂亮的一名护士,一聊就是一两个小时,于是我让萝蓓塔成为了她的专属护士,其程序设置比其他仿真人复杂得多。

艾摩希侬丝用将近四年的时间把所有记忆拼补了起来,这段时间里,我一直监控着她的脑部电波,庆幸她没有产生过幻境,可几乎每天晚上我都能看到控制梦境的那部分电波数值会进入造境区间。我们在她第一次出现梦境时进行了收割,可服用后发现梦境里都是一些被打乱了的记忆碎片,没有时序性,画面经常失色失焦,背景大面积泛灰。

针对艾摩希侬丝的失忆后遗症,Z建立了一个新课题,旨在研究封闭妄想症病人的失忆及记忆恢复过程,我对该课题兴趣不大,便由Z一人负责。我们见面时Z会把研究报告中有趣的内容同我分享一二,比如艾摩希侬丝先回想到哪部分记忆,幻境比重和现实比重如何,清晰度差异分析等等。那段时间Z的研究目标也相应变成了:如何在记忆的恢复序列中找到规律性。然而最后,Z举着一摞研究分析报告,狠狠地摔在了会议桌上,"根本毫无规律性可言!"

这四年中我从没见过Z这样发脾气,不论研究如何不顺,他都能耐着性子查找原因并开掘新的突破口,那种执著实在令人钦佩。看他不快我正欲安慰,他的手机却响了起来,Z拎起瞅了一眼,又摞在一旁,差点撞翻桌角的咖啡杯。

"怎么不接?"

"卢雅的。"

"那还不接?"

Z发了会儿愣,直到手机不响了才回过神来,"成天催我回家。"

"你好歹也时不时回去一趟。"我知道Z几乎天天都待在公司,晚上也睡在公司,据说一些新来的员工看到Z这般敬业都不好意思按时下班。有次我打开他办公室的门,闻到一股衬衫外套长期不洗发出的酸味与浓烈的西格特牌香烟味,简直和他大学寝室的味道一模一样。我只好给他安排了仿真人助理,照顾他在公司的衣食起居,并在他去斯莱姆区处理医院和诊所事务时当当司机。

"再这样下去,卢雅就要拿我是问了。"我笑着说。

Z往椅背一靠,胳膊抱在胸前,双脚叠起搭在会议桌的弯沿处,"放心吧,她不会的,我现在挣的比以前多多了,她对我的态度一百八十度大转弯。几个月前我们还把原先的公寓退了,在这附近租了一套,卢雅说学区不错,她现在满意得很,每次我回去她还对女儿说爸爸辛苦啊什么的。"

"我也听蔓如说你们搬了,她前几天还去过一趟,回来后告诉我说搬家公司那边出了点儿问题,箱子数目对不上,结果发现有几箱送错了地址,蔓如去的前一天才给送到,说是还垒在屋里没来得及拆封。"

"慢慢拆呗,卢雅就那样,性子急,做什么事非要赶死做出来。"

"我可听说卢雅没少抱怨你,她说搬家这么大的事儿,你从头到尾都没操心过。她应付不过来,只好把孩子送到外祖母家,保姆也跟过去了,就剩她一人又是打包又是整理,累得半条命都没了。你还说她满意。"

Z摆了摆手,"我也没闲着嘛,这不天天也在忙。女人就嘴碎,蔓如肯定也跟卢雅说一堆你的不是,两个人一交换信息,心理都平衡了。"

我呵呵笑道,"那你也回家帮我探听探听,看看蔓如都说了我些什么。"

Z伸了伸胳膊打了个哈欠,我看他不再搭话,便把《凡瑞泰尔镇后记》①递了过去,"你在艾摩希依丝的梦境中见过这个吗?"

Z把脚放了下来,接过后草草浏览了一遍,"哪儿来的?"

"她前几天写的,萝蓓塔复印了一份。"

Z用大拇指挠了挠光光的额头,"奇怪了,她没做过这个梦。难道是新幻境?不可能啊。"

"的确不是幻境。如果这不是她的梦境,大概是她自己写着玩吧,一篇虚构之作。"

Z把它合上,叠叠收好,然后挺直了脊背,神情也变得严肃起来,"听我说,A,咱们别再耽误时间了,得让她造新的幻境了。"

---

① Z看到的《凡瑞泰尔镇后记》并非上文,上文是艾摩希依丝以这篇为底稿写就的,增添了葛蕾兹的人鸟牢笼部分。——A

我拍了拍 Z 的肩膀,"这也是今天我要找你谈的事。"

不得不承认,第一代魔伊幻境剂引起轰动不到一年,人们对它的兴趣便渐渐消散。但由于它给我们带来了巨大利润,一年后,我们从追梦科技公司手中高价买下了梦境剪切技术的使用权用于幻境剪切,将七日的幻境剂剪切成七瓶日夜剂,推出了第二代产品,单瓶定价仅为 5000 古森。这一举措引发了新一轮追捧热潮,那时几乎每栋大楼里都可以租到安全的封闭室供人享用,我们的幻境剂由此进入了普通大众的视野。

利用这两年的赢利,我们把切斯幻境科技公司的老办公地点搬到了中幕郡和高幕郡交界的另一个更豪华、安全防护性更高的大楼里,租下了从 117 层到 120 层的办公室,更新了软硬件设备并扩大了人员规模,最重要的是,我们还从追梦科技公司挖来了十四名研发人员。

在魔伊幻境剂问世之前,追梦科技公司可谓造境界的翘楚,掌握着这个行业的许多核心技术,特别是剪切粘贴技术,让他们得以将梦境中较为清晰的片段剪辑出来加以缀连,服用者可以在一个梦境中体验到多个故事片段。而自魔伊幻境剂一炮走红,追梦科技公司也感到了巨大压力,开始涉入幻境领域,企图研发新的药品。

据我所知,他们的药品研发目标和我们公司大不相同,他们希望能从梦境和幻境中剥离出某种工具性的东西,通过它人为地制造幻境,这就好比前人造摄影机、挖掘镜头语言,然后拍摄、剪辑、配音、特效,最终提供完整的影片。

而我之所以高薪挖走他们的研发人员并非为了不正当截获其最新成果,我只是想把这些人正在研究的剥离技术引领到更加正确的方向。

但我又听说,核心研发人员的集体跳槽激怒了追梦科技公司的上层,我预感他们将加大反击力度,并开始担心,随着魔伊幻境剂步入大众视野,总会有认识艾摩希依丝或她父母的人服用幻境剂,继而将她们一家暴露。而那些别有用心者可能会顺藤摸瓜,查到我们曾用仿真人替换艾摩希依丝并令她假死的信息。每次想到这儿我都忐忑不安,我一直犹豫要不要告诉蔓如和父亲,但终究没有那个勇气。

果然没过多久,有传闻说追梦科技公司掌握了一条能一举击溃切斯的信息,只等信息落实便公之于众。我着了慌,一面让Z打听他所在诊所和挂职医院那边的情况,看看艾摩希依丝的信息是否被调查过,一面又派可靠的人打探追梦科技公司是否在虚张声势,他们到底握有我们怎样的隐秘。

Z告诉我,的确有人去医院调查过艾摩希依丝,至于对方是谁、了解到什么——均不清楚。Z又说,"我现在就和Y联系,看看他那边什么情况,让他把该清理的清理干净,把嘴封严实。"而我派去调查的人则回复说,追梦科技公司似乎在挖艾摩希依丝的死因。

这么说他们已经知道艾摩希依丝死了?我心头一惊。他们一定对她的死产生了怀疑,发现她死得并不正常,再挖下去,仿真人的事情恐怕真会暴露。我又给Z去了电话,Z说,"Y那边一切正常,该销毁的也都销毁了,目前没听说有人调查。你放心，医院的死亡鉴定明明白白，火化安葬程序滴水不漏，那些人就是有通天的本事也查不出来。你千万不要自乱阵脚，反而被他们抓住把柄。"

看Z说得那么十拿九稳，我也稍稍心安，毕竟事情都是他一手所做，他到现在都那么胸有成竹，想来不会有什么问题。

当天晚上，各大网站就纷纷爆出新闻：切斯幻境科技公司出售的魔伊幻境剂的确来自于那个名叫艾摩希依丝的女孩，但推出幻境剂后没多久，艾摩希依丝便莫名死亡，恐由幻境收割导致，可以确认，切斯公司在故意隐瞒艾摩希依丝死亡的消息，这起码意味着——该公司将不会再有新的幻境剂问世。

看到这条新闻，我顿时大松一口气，可在第二天，罗特药业的股价竟跌了7%。父亲给我打来电话，叫我不要出面处理此事，那语气也听不出是怒是急。翌日下午，父亲举行了记者招待会，他竟得到艾摩希依丝父母的同意，公布出她的部分病历记录和死亡证明，并由政府相关机构对此作出了鉴定：艾摩希依丝的死因确系普通的生理疾病，而非幻境收割导致。父亲扫视着媒体记者举起的镜头，侃侃道，"切斯公司的目标，就是希望能研制出一款不依赖于人类机体的幻境剂，而且这不止是切斯公司，也是目前造境业共同追求的目标。至于将来会不会有新的幻境剂问世，那就让我们拭目以待。"

事态平息下来后父亲却病了一场，我去看望他时他并没有和我提及此事，只是给了我一个文档，里面是一份罗特药业治疗救助金的批准文件，上面还有哥哥的签名，签注时间和我伪造的那份一模一样，"放心吧，你哥哥会装作不知道的。"

果然，所有人都当作什么事也没发生过，除了一次宴会中，我看到安奈洁脸上依旧挂着那似有若无的嘲讽神情。可后来我发现，他们不止对艾摩希依丝和她的死因避而不谈，他们甚至对魔伊幻境剂、对切斯公司都讳莫如深。没过多久，我又听人说追梦科技公司的总裁在背后这样评价——"那个 A，不过是在造境界放了个响屁，然后就销声匿迹了。"

我终于明白，那故作沉默的和那痛痛快快说出来的都是同一层意思。可我真的失败了吗？只要我想，我立马就能让那个其实并没有死的艾摩希依丝再造一个幻境，我没这么做是因为我一向志不在此。可的确，这两年我在剥离技术的研发上投入了太多资金却一直没有进展，而第二代幻境剂在市场上持续一年后也终被普通大众所摒弃，若非罗特药业持续注资，我们早就撑不住了。如今又遭负面新闻夹击，切斯已然成了罗特药业不得不剜的恶性肿瘤。所以，尽快打一个翻身仗成了迫在眉睫的大事。

自那之后，我便一直说服自己，艾摩希依丝不一定会在新一轮造境中死去，那都是我的猜测。就算会死，也和我无关，她本来就有封闭妄想症，她本来就有可能自动触发妄想症状，这是谁也拦不住的，我何必跟自己过不去。

Z两掌啪的一击，笑着吼道，"早就该这样了。四年。我都不敢相信四年过去了，我们守着艾摩希依丝却没有任何进展，没有任何成果。现在她的记忆基本恢复，还等什么？我们完全可以推进下去。"

可Z这么一说，我心里又开始打鼓，又担心起艾摩希依丝可能会死在我家这件事。

"犹豫什么？你是不是想，她在收割之后死了该怎么办？"

我没有说话。

"等着。"Z滑开屏幕，几根指头猛敲一阵，便登录了一家精神病院的系统，"你以为我这四年光是研究她的记忆恢复？"接着他又在屏幕上一通点点画画，"这四年中，我细查了这医院所有的在存档案，查找年龄和艾摩希依丝相仿的女病人，我查到了一个人。"说着，他调转屏幕让我看，"就这个，比艾摩希依丝大两岁，也是个封闭妄想症病人，按说这类病人不会独自出门，可她离家出走后失踪了，医院就停止了记录更新。我找到了她们家，发现两年多前她父母在车祸中死了，我便重新启动了这个档案，断断续续更新了她的病情记录。表面上看起来是我找到了这个病人，又开始对她实施治疗，实际是，一旦艾摩希依丝在造境中死去，我们可以把她归在这个女病人名下制作死亡鉴定书。"

"这能行吗？"我盯着屏幕上那个金发麻脸的女孩照片，她的皮肤比艾摩希依丝还要惨白，"长得太不像了，一看就不是一个人。"

"可以改照片的,但现在改太早了,我这是以防万一。"

"能行吗?很容易被发现吧。"

Z斜了我一眼,"上次的事情你不都看到了么,绝对万无一失,斯莱姆区的公立医院你不了解,档案管理系统漏洞太多了,这点操作对我不是问题。当务之急是我们要赶紧给艾摩希依丝设定出危境和希望,看怎样才能触发我们想要的幻境。"

"行,那我们这几天都好好想想吧,有什么思路随时联系。"

当天下午,我跟财务部的人开完会后回到办公室,忽然接到一通卢雅的电话,她邀我今天务必去她家一趟,越快越好。"你不要跟Z说,也别带蔓如,我有重要的事情跟你谈。"说罢就挂了电话,随后我的手机又响了,那是卢雅发来的一条信息——中幕郡五段樟槐路95号1-8-105。我心生奇怪,什么事情还需要同时瞒着Z和蔓如?我调出日程表查了查,好在公司也没什么重要的事,便合上屏幕收了东西,准备过去看看。

傍晚时分,我摁响了Z家的门铃,卢雅开了大门,请我往餐厅里坐。我看到客厅还没整理好,有一些拆开压扁的盒子像瘫痪的躯体一样伸着四肢躺在地砖上,屋内有些凌乱,透着种无力的单调和静漠。我从客厅拐进餐厅,见这里倒收拾得清清爽爽,还挂上了珍珠色的窗帘,架子上摆满了式样不一的碗罐,台子边的保温壶嘴正冒着轻烟,卢雅端起来,倒了杯热茶递给我。

我伸手接过，试探着问，"出了什么事吗？"只见卢雅头上包着一块藏青色的方格头巾，一脸锈色，眼眶醋黑。她双手环着一个白瓷杯，那涂着绯红色的指甲干裂着，边沿磨出几块不规则的缺口。我又兜搭着说，"你气色不太好。"

卢雅没接我的话，我倒有些摸不着头脑，只得又说，"Z最近还是没回家吧，你今天找我是不是因为这事儿？"

"你们……"卢雅突然从桌上一连抽出了几张面巾纸，按着眼睛迸发出哭声，"你和Z，还有我堂弟，你们之间有不可告人的秘密。我真是受够了，受不了了。"

我嘴上支吾着，"是什么……秘密？"可心下却想，卢雅不该知道我们的事啊，Z不是整天都不回家吗？

卢雅把面巾纸从脸上拽下来，哆嗦着嘴唇说，"那些新闻我都看了，说那个什么精神病人四年前就死了，那你跟我说说这是怎么回事。"卢雅弯腰从脚下捞出一个箱子，重重地搁在了桌面上。

我扒开掏出几页一看，是些艾摩希侬丝的梦境研究报告，而且从报告时间上能看出艾摩希侬丝并没死。

卢雅接着说，"幸亏这箱子被送回来了，不然岂不都被人知道了？"

我不禁大惊，"是这箱送错了？"

"是啊。还有几箱别的，那些倒没什么要紧。"

我顿时从座椅里站起，抓住箱子问道，"被人拆开过没？"

"幸亏发现早，及时换了回来，应该没被动过。"

"应该?你要确定是原封不动送回来的!这事儿不是开玩笑,你保证没人拆开过!"

卢雅急道,"原先都是我打包的,后来也是我拆开的,我打包时没认真看,一股脑把东西装进去了,拆开时才发现了这些,我吓坏了,仔仔细细检查了一遍箱子,确实没人动过。可你说多悬啊,差点就在这风口浪尖上让人抓住……"

我忙把箱子挪近前来检查起封口,看是否有被另外拆过又重新包装的痕迹,卢雅在那里自顾自地说着些什么,说了半天我才听到她的话,"……我想要的过分吗?我不就想要一个正常的生活,想和所有的正常人一样有一个正常的家,有一个正常的丈夫,朝九晚五的丈夫……"卢雅擤了擤鼻子,把纸巾摔进一个小塑料盆里,"哪怕他回到家抱怨同事抱怨下属,哪怕吃饭时他一副心不在焉的样子,我都知足……"

看不出箱子有什么异样,我松开手坐回椅子,心想,我和Z的确太大意了,我们把公司的相关邮件、文档做了多层加密,该删除的及时删除,却忘了把家里的也清干净。

"……后来我就想着算了,不闹了,不离婚了,Z也很辛苦,怎么说我们也搬了家,孩子也转学了,我告诉自己,就这样吧,不能又想让他多赚钱又要求他回家。我认了,就只图一样!可现在呢?我刚感到生活有了点希望,你们却在背后做这种事。将来被发现怎么办?我和孩子该怎么办?还不如当初离婚一了百了。"

我不由警觉起来。不不,卢雅是不会离婚的,她只是嘴上说说罢了，她一向如此。可万一她真要离婚该怎么办？一离婚，卢雅就和我们没关系了，充其量就是个有些交情的老同学，她随便就可以把这些事讲给别人听，不过……Z毕竟是她女儿的爸，中间连带着她的堂弟，她不至于说出去吧。可谁又知道呢。

我稳住心神，清清嗓子，"卢雅，有次你跟我说过你想离婚，但我知道你不会，别人也许不了解你，可我了解，大学时候的好多事我都历历在目。你从来都不是真的要离婚，你为这个家付出了那么多也绝不单单是为了孩子，我明白，你这么做是因为你爱Z。"

"什么爱不爱的……"说到这儿，卢雅辛酸地把脸埋进双拳，"可他呢？他爱我爱孩子吗？我真是……已经走到这一步了，没办法了……我就想着将就过吧。可你怎么让他做那样的事，干吗让他做那样的事！"

卢雅的话让我感到讶异，我不觉激愤起来，她怎么能这么想我？那些事都是Z的主意，都是他做的，把艾摩希依丝留下的是他，把卢雅堂弟拖进来的也是他，后面种种——更改仿真人程序、制作假的死亡鉴定，一切一切都是Z做的。我心头窝火，可又不得不强忍下来。别浪费时间，不要跟她争执，当务之急是要先打消她离婚的念头。

"其实，我和Z原本只是犯了个小错误，可后来一步步就走到了现在的状态。就像你说的，已经走到这一步，没办法了。"

卢雅抬起头，目光惨烈地看着我，"艾摩希依丝的病情记录和死亡鉴定,就是新闻上公布的那些,都是Z一手做的吧,是不是?将来一旦事发,他责任最大,对不对?"

我看了看卢雅,这才恍然大悟为什么她要找我谈这件事,原来她担心事发后我会把一切责任推给Z。她太过分了,她怎么能这么自私,怎么能把别人想得这么不堪?我感到有些反胃,沉默了一会儿,我告诉自己,卢雅到底是在乎Z的,她是他的妻子,她爱他,不到万不得已,她绝不会选择离婚,我该庆幸这一点。

我冷笑道,"艾摩希依丝现在就住在我家,你觉得谁的责任最大?"

卢雅瞪圆了双眼,"那蔓如……"

"她什么都不知道。"

卢雅又抽出一张面巾纸捂住了嘴巴,但我看得出她的神色有了很大转变,"蔓如太可怜了,她还什么都不知道,上次她来这儿还一直安慰我,可你们……"

"卢雅,我们不会出事的,我们做的事情是有些不合规矩,但说到底我们没有杀人放火,再说新闻你也看了,都已经是板上钉钉的事儿,尘埃落定了,没有什么好担心的。你把这些资料赶快销毁吧,再仔细看看还有没有遗漏的报告,全部都得销毁,我也要马上回去整理下公司还有家里的资料,把它们都清理干净。"说着,我站起身来。

"行,我马上再检查一遍。"卢雅也站起身,看我往门口走便跟过来送我,"我都听你的,我知道你不会让他出事的。"

我在开门前又转身对她说,"卢雅,我真得谢谢你,我和Z都大意了,是你给我们提了个醒,以后我们会更谨慎小心的。相信我,我们的初衷不是这样,是阴差阳错才走到这个地步,你要原谅Z,包容Z。我保证绝不会出事。"

卢雅终于松开眉头,脸上露出一丝笑容,那笑容中还带着些许自我感动。

上了车我便往公司赶,一路上心里盘算着,得把这件事告诉Z,得让他最近多照顾照顾卢雅的情绪,特别是得让他抓紧时间回家一趟,确保所有文件全部销毁,万一卢雅心眼多,故意藏起来一两份,将来拿它要挟Z甚至要挟我,那就太可恶了。当我的眼前出现卢雅拿着文件趾高气昂在我脸上晃动的一幕,我才发现,原来我也把别人想得如此不堪。我觉得自己很无耻,无耻得都有些认不出自己来。但我们谁又不无耻呢?Z和卢雅,他们和我没什么区别,到底是什么时候我们都变成了这副样子?

手机又响了一声,我烦躁地拿起来看了眼,只见屏幕的推送上有一封Z发来的邮件。

✉ Z的邮件

我仔细读了那篇"虚构之作"——《凡瑞泰尔镇后记》,还是那句话,艾摩希侬丝确实是个天才,不可思议,她竟通过一些似是而非、完全站不住脚的推论"无限接近"了真相,她居然还发现她在这个真实世界中是个"消失的存在"。

可她怎么就没想到,她的推论起点是"奂栩项链",既然她得出结论说凡瑞泰尔镇是虚构的,那她就应该知道奂栩项链和里面的书也来自于她的虚构,被虚构的东西又怎么能作为达到这个结论的逻辑起点?

她还说,兹波拉属于凡瑞泰尔镇的虚构世界,她却忘了杀死尤尼克的我——Z医生,也属于和尤尼克同步的虚构世界,这不是自相矛盾吗?还有白天和黑夜的那一段论述,明明在梦里她也梦到过凡瑞泰尔镇以外的事情,可她为什么只把凡瑞泰尔镇和黑夜并置?

不过她写的东西倒是给了我一个启发,也许我们要给她设置的新危境和新希望应该是这样的。

危境:真相——凡瑞泰尔镇是她的虚构,她在现实中被人囚禁。

希望:逃离——和活着的父母重逢。

CHAPTER 9

仿真人
BIOROID

"你好，我是你的专属护士萝蓓塔。你今天气色很好。"

床前这个身穿淡粉色护士装的女人将玲珑细长的手指按压在我的双眉间和肘弯里。萝蓓塔今天看起来有点不一样，她把一头金发染成了褐色。

"萝蓓塔，我是谁？"

"你是这座疗养院代号为051206的病人，你今天的体温是36.5度，心跳每分钟90，血压70—110。你叫艾摩希依丝。"萝蓓塔的笑容中有一丝动物般的狡黠。

我仔细盯着萝蓓塔的面颊，光洁透亮的皮肤上，鼻梁、眉骨、下巴的线条比以往更加柔和圆润，与浓密的睫毛和鲜艳欲滴的红唇很不相称，倒是哑灰色的指甲油跟她铅色的眼睛很呼应，那颜色让我想起了——"葛蕾兹！"我一把抓住她的胳膊高声叫着。而她抽出一只手，竖起食指堵在嘴唇上，"嘘，你小点声。叫我萝蓓塔。"

我兴奋地压低声音，"你怎么会在这里，那个萝蓓塔呢？"

葛蕾兹斜坐在床沿上，"你能到凡瑞泰尔镇，为什么我就不能来天幕国？那个仿真人被我关机后藏起来了。"

"你可真厉害。你来这儿多久了,就是为了来看看我?"

"一个星期。我好不容易才装成萝蓓塔的样子来见你,艾摩希依丝,你从没告诉过我你生病了。"

我忍不住拥抱了葛蕾兹,从她护士服的领口上,我仿佛嗅到了一阵松杉与冰雪的清冽味道。

"是啊,我在天幕国就是个病人,我得了封闭失忆症,前些天才差不多恢复记忆,还不知道什么时候能回家。我最近也没见到A医生——他是我的主治医生,我一直想问问他我的父母到底是不是还活着。"

"如你所料,你父母的确还活着。"

我一把抓住葛蕾兹的双臂,"你说的是真的?我就知道他们一定还活着。"

葛蕾兹轻轻拍了拍我的手背,"但你们并不住在你说的那个橡树林的小木屋,而是住在橡松区亚当街与莱茵街交叉口的蓝鼠地下公寓,15层1520室。"

"不住在橡树林?这不可能。"

"千真万确。我是在旁边的办公室查到的,你患的也不是封闭失忆症,而是封闭妄想症,凡瑞泰尔镇就是你的一个幻境,连小木屋和橡树林也是你幻想出来的。我刚说的那个地方你还有印象吗?"

蓝鼠地下公寓15层……我想起来了,我还以为我们在那儿住了不到一周就搬走了。那是一座筒状的环形公寓楼,跟所有地下公寓差不多,爸爸还做过一个模型给我看,横切面像个圆形靶子,一三五七九环用来住人,二四六八十环是中空的，靶子从圆心被等分成若干扇面，将圆环隔成了一户一户。我们租住在九环里的其中一户，因为九环面积最小，所以最便宜。

我还记得每一环的每一层外围都有一条通廊，坐九环电梯下去后走通廊会经过一家家住户，有些住户将前屋隔出来当成半个店铺，贩卖烟酒零食和日用百货，但大部分住户门锁紧闭，靠墙堆着些破桌烂椅或是许久不用但又舍不得扔的家什。虽然搬家那天我不住地呕吐，但还是有印象的。当时我看到一对胖夫妇正坐在自家门口吃饭，那个红脸翘胡须的大伯跟爸爸妈妈点点头打了个招呼，而我家就在他们家隔壁，门上贴着1520，没错。

我不太喜欢那里，特别是我那间屋子，就像个不规则的小盒子，伸手都能摸到天花板，顶线只有一条是直的，安了个照明棒，床垫挨着那侧墙搁置在地上。墙上有张可以放下来的小桌子，我坐在床上就能读书画画，睡觉的时候再把它合回墙面。

对了，那些屋子上方都有个油腻腻的通风口，若不开灯，公寓楼各层的外墙壁灯和各家杂光会从那里透进来，通风口也会传来各种气味声音。两间卧室这一侧还安静些，邻近通廊的客厅和厨房一到下班时间就开始热闹，邻家闲聊声，油锅炒菜声，还有各种播放设备发出的视频、音乐、新闻广播和体育赛事的声响。邻居家的小孩子很喜欢绕着通廊咚咚咚奔跑，挨家挨户地拍大门，于是又有开门声和叫骂声，偶尔会撞到人或者掀翻东西，紧接着便是一阵噼啪乱打声。

"我再告诉你一个秘密。"葛蕾兹把我的思绪拉回到疗养室阔大明朗的安静里,"那个 A 医生并不是你的主治医生,他把你关在这儿是要收割你的幻境制成药剂,别人服用过后就能进入你造的幻境,他因此赚了很多钱。"

"把我关在这儿就能得到幻境做药剂?"

"倒也没那么简单,只是在这儿可以方便和你建立信任关系,好给你设计危境和希望,你就有可能产生幻境。"

"你的意思是,A 医生从来没想过让我回家?"我感到身上冷飕飕的,一层鸡皮疙瘩从胳膊上冒了出来。

葛蕾兹耸耸肩膀,"你一旦回家,谁来帮他赚钱?这四年你回过家吗?"

我摇摇头。

"你父母来看过你吗?也没有吧。他是不会再让你和父母见面的。"葛蕾兹看定我,转了口气安慰道,"你别担心,我可以带你逃出去,送你回家。"

我正要欢呼,却又立即转喜为忧,"只是……我没法走出去,就算走出去,我也不知道该怎么回家。"

葛蕾兹捧住了我的面颊,她那铅色的眼睛透着金属般的光泽,"艾摩希依丝,在凡瑞泰尔镇你帮过我,这次让我来帮你,我已经查过网络……"

我瞪大双眼,实在无法相信这个葛蕾兹就是以前那个葛蕾兹。

葛蕾兹看出了我的疑惑,不觉笑了,"我发现你们天幕国的许多东西很有意思，我完全不了解那些仪器设备是怎么回事，哪怕上面的字我都不认识，但只要我给出语音指令，就能马上得到结果，我就这样查到地下有许多交通道，跟蜘蛛网似的纵横交错，我还找到了路线图。你既然害怕地上的噪音，不能看到太多人，走地下会好些。今晚夜深人静的时候我来接你，你换一身行动方便的衣服，带上必要的东西，我保证你明天就能到家。"

"可是葛蕾兹，咱们没有钱，没法搭乘交通工具。"

葛蕾兹笑了，"在这儿肯定能找到，你放心吧，都交给我来办，我得赶快走了，不然会引起怀疑的。"

天黑下来之后，我侧耳听听门外，一丝动静也没。于是，我旋开桌上的小台灯，在衣柜中找了套其貌不扬的便装换上，又挑拣了一番桌上的字纸，把重要的几张叠好后塞进了裤袋。

想到今晚就要回家，我又激动又恐慌。我的父母果然还活着，可是一晃四年，不知道他们有没有什么变化，他们看到我会不会大吃一惊，会不会认不出我来……这四年他们就没有找过我么，还是他们根本不知道我在这儿？

我回忆起四年前的那个晚上，就是A医生说要送我回家的那晚，他的样子真的不像在骗我，如果葛蕾兹说的是事实，他岂不是比Z医生更阴险、更善于伪装？我又想到A医生那张温和的面孔和他亲切友善的声音，想到他对我始终如一的关照，我无法不信赖自己的所见所感，可我……又凭什么不相信葛蕾兹的话？

记得那一晚，A医生还送过我一盒书，他说我可以带走它。想到这儿，我便走到书架前，只见我的身影被昏黄的光线投射在架子上，变得庞大又晦暗，我看着满架子竖立横躺的书，不由地抚摸起那座檀木书架来。在我失忆并找寻记忆的这段时间，它是我生活中不可或缺的部分，上面的每一本书，不论是我看过的、看过很多遍的，还是我还没来得及读的，我都曾翻动过它们。

记得有一天，我还把上面的书全部整理了一遍，从A开始摆放，一直摆到Z，只有那蓝盒子里的七本书没动过，它一直搁在书架的右下角。A医生来看我时偶尔会带本新书，我也按首字母把它插在相应的位置。我还跟他说，我要从A开始看，看到Z结束。可后来我总也看不完A开头的那些，我又跟他说，我要从Z倒着看。然而过了一段时间我又放弃了，于是我跟他说，我先看一本A开头的，再看一本B开头的，再看一本C开头的……等看完一本Z开头的，再返回来看第二本A开头的。

那天A医生笑话我，说我真是孩子气。

我喜欢这间卧室，喜欢这里的书桌、书架和这些书，也喜欢那个随时供应食品饮品的小桌子，喜欢高高的屋顶上那盏缀满水晶流苏的吊灯，还有旁边猩红色的窗帘以及窗外纤美的花坛，我更喜欢随时有护士们为我服务，让我可以优哉游哉地做我喜欢的事。

如果A医生要靠我的幻境来挣钱，这又有什么问题？爸爸妈妈不是一直担心我没有受过教育又不能出门，将来没法工作、没法养活自己吗？可我现在已经能养活自己，我通过制造幻境赢得了这种生活。我可以跟A医生说，如果他愿意雇用我，我乐意出卖幻境，换得在此居住下去的权利，不仅如此，我还要把爸爸妈妈接来，这样我们一家都不用待在蓝鼠公寓了。

我暗自定下主意，可……还有一件事我想不通：A医生为什么要把我和爸爸妈妈隔离？这一切完全可以光明正大地进行。难道是爸爸妈妈不同意他这么做？如果是这样，就让我来说服他们。

外面响起了三下叩门声，一长两短，那是我和葛蕾兹约定的信号。

"我要告诉她今晚不走了。"

正待移步，门却开了，天花板上的那盏水晶吊灯怦然亮起，可正走进来的那人并不是葛蕾兹，而是A医生。他一脸严肃地打量着我身上的便装，"看来你都知道了——关于你自己、关于我、关于我们对你做了什么。"他边说边关上了门，"不过，我们发现了你的朋友，葛蕾兹对吧，我们抓住她的时候她正在偷钱。"

"A医生你误会了，"我忙走上前去，"请你放了她吧，葛蕾兹不属于这里，她只是为了帮我逃出去。可她不知道我已经改变主意了，我不打算离开这儿，A医生，你把我关在这儿不就是要收割我的幻境吗？我愿意被收割，我只有一个请求——我想把父母也接到这里来，这样行吗？"

A医生皱了皱眉头，"说真的，我都已经准备送你回家了，并且打算明天就送你回去，你不是一直都很想回家么，怎么突然改变主意了？"

我又想到了那个逼仄狭小的蓝鼠公寓，不觉环视着书桌和旁边的书架。

A医生笑道，"我懂了，因为这里比你的那个家舒适很多，不缺吃喝，有人二十四小时为你服务。"

"不止是这些……"我心里有些急。

"看来还有别的原因。"

"你说的我不否认……"我望着A医生的眼睛，"我从小就知道自己有病，我是个无用的人，将来也不能像正常人一样到外面工作，不能赚钱养活自己、养活父母，可你让我成了一个有用的人，葛蕾兹告诉我，我造的幻境可以帮你赚钱，我希望你能正式雇用我。"

A医生把双手背在了身后，冷冷地扫了我一眼，"你在我这里也是个无用的人，你还没有萝蓓塔那些仿真人能干。"

"可我会造你要的幻境啊！"

A医生用指头轻轻弹着另一条胳膊的袖口，理了理腕上的手表，"啊，能造幻境，真是了不起。可那又怎样，你就只在四年前造过一个凡瑞泰尔镇幻境，之后你什么都没造出来过，在我这里白吃白喝让一堆人伺候你，而你整天就无所事事地看书画画。"

"是不是我造出了新的幻境就能留下来？"

"是。"

"我的父母也能搬来这里？"

A医生露出了默许的笑容,"那你知道怎样才能触发造境吗?"

我想起了葛蕾兹之前说的话,但并不是很明白她的意思。我咬着嘴唇摇了摇头。

"我不介意帮帮你。"A医生摊开双手,"首先是信任。你得相信你自己,相信你能造境,相信你造的幻境和现实一样真切。其次,你要给自己一个危境,再给自己一个希望,你要好好想想,你此刻担心的是什么,渴望的是什么,你打算做什么来达到你的渴望。"

"我担心……担心我不能和爸爸妈妈在一起,担心我要离开这里,担心我再也没有这么多书可读,还担心我将来不能养活自己。我渴望能留在这里工作,把爸爸妈妈也接来。我要做的是造境,只要能造境,我就能达到我的渴望。如何造境?我要给自己一个危境,一个希望,我要知道我此刻担心的是什么,渴望的是什么,打算做什么来达到渴望。我担心我不能和爸爸妈妈在一起,担心我要离开这里,担心我再也没有这么多书可读,还担心我将来不能养活自己。我渴望能留在这里工作,把爸爸妈妈也接来。我要做的是造境,只要能造境,我就能达到我的渴望。如何造境?我要给自己一个危境,一个希望……"

我不停地重复着这段话,重复了上百遍上千遍上万遍,这些话渐渐把我的脑子塞满,把我身体的空间一点点占据,我隐隐感到有些很重要的东西正被挤走,正在丢失,而我身外的世界也因这丢失开始与我脱离关系。

A医生走了过来,"不要再想了,艾摩希依丝,你进入了逻辑死循环,再继续下去会死机,记忆丢失的话我们就前功尽弃了。"

死机?我讶异地望向A医生。

A医生停了片刻,叹了口气,"不如我给你一个新的危境吧。我们去见见你的朋友。"说着,他转身打开了卧室大门,"你放心,外面很安静,不会引起你的封闭症状。"于是,我跟在A医生身后走入了外间走廊,廊道两边的壁灯透出微末的光,地面的墨绿色织花地毯通向影沉沉的远处。走过几间房,A医生便来到一扇门前,拧动把手后把门推开,屋内顿时亮了,"进去看看吧。"

在那刺眼的白晃晃的灯光下,我看到了葛蕾兹。

但不是一个,而是几十个几百个一模一样的葛蕾兹,头脚相连地摆在一层层不锈钢货架上。我走向离我最近的那个,只见她青白的双脚上没有穿鞋,直直挺挺从灰色的裙摆处伸出来,那袭长裙服帖地裹着她的身体,而她闭着双眼,细长的睫毛轻柔地盖着下眼睑,褐色的头发上依旧绑着那根嵌满了鎏金花纹的发带。我拉住了她的手,她的手如铁一般生硬冰凉。

"你之前见到的葛蕾兹并不是真的,而是我们制造的仿真人。"

我感到自己的手也同葛蕾兹一样生硬冰凉,"你刚才说我会死机,难道我也是……不会的,这不可能。"

A医生指了指我的脖子,"你不是有夐栩项链吗?不相信的话,你可以打开看看。"

我松开葛蕾兹的手,一把将臾枂项链扯了下来打开了镜盖,只见镜中出现了一个戴着头盔的女人,二十岁左右。我看着她的脸,看着她的眼睛,看着她的瞳孔。她的目光并没有和我的目光发生交集,她的脸也不带有任何情绪,既没有困惑,也没有激动,更没有恐慌。她看上去有些遥远冷漠,有些迟滞笨拙,仿佛正在对镜外的我进行着低劣而空虚的模仿。可她的目光中似乎有茫然的等待,等待着另一个世界的短促指令,等待那指令的声音穿透她的皮肤直达体内的核心,继而调动起整个身躯的所有部件。我盯着她,她的瞳孔时而收缩时而扩张,接着,我看到了一圈圈灰黑的齿轮和一排排微型钉子在眼珠周围微微震颤,脸上的皮肤倏忽隐退,一台正在运转的精密机器显现了出来,与我的头盔连接在一起,细小的活动机件开始慢慢显影、放大,将我的目光包围吞噬。在那深藏不露的体内,我看到了一枚蓝绿色的集成电路板,像座光怪陆离的城市,上面有圆筒状的高楼、长满蜈蚣脚的扁方形的低矮厂房、密密麻麻排列一处的停车区,还有许多平行的车道向四面八方延伸,仿佛一张经过梳理的星座图,遍布着圆形针孔和镶金边的银色焊点。

"艾摩希依丝,我给你的新危境就是真相。你是一个高级仿真人,是那1%未死机的、染上吉哈诺病毒的仿真人之一,你是我的杰作,我用了四年时间一点点给你添加包含有幻想故事的回忆碎片,并且打乱了顺序,让你通过笔纸记录梦境,让你以为自己在梦中把身世想起。你得出结论——你能够幻想。但其实你不能。"

"不,我不是仿真人,我是真正的人。"我把奂栩项链狠狠摔向一旁,它砸到某个葛蕾兹的脸上,然后叮嗒一声不知落到了何处。

"这就是你最无与伦比的地方,你从来都不认为自己是仿真人。所以我要给你的希望就是——成为真正的人。"

"我本来就是真正的人。"

"你怎么才能证明呢?"

我记得萝蓓塔说过,仿真人不会幻想,若我能幻想,我就是个真正的人。可是……如果一个仿真人幻想自己是人,那它就该是人,因为只有人才会幻想。可如果它真是人,人又怎么会幻想自己是人?除非——要么是程序让我误以为自己会幻想,要么我本来就是人,可偏偏有人说我不是,才让我渴望自己是人。所以A医生给我设置的危境和希望是行不通的,我只有为自己设计出"人"才会面临的危境、"人"才会产生的希望,我才能造出幻境,证明自己真的是人。

我又思索起那个逻辑死循环来。我不能把"行动"放在"造境"上,不然我又会把自己绕进去,"行动"必须是别的。萝蓓塔说,仿真人之所以会进入逻辑死循环,是因为它们不能像人一样用更加复杂、更加具象的语言去描述那些无法解决的困境与矛盾。可是我能,我不仅能,我还非常擅长,因为我在阿特国水晶迷宫的虚构门中证实过我的能力。可是……我是什么时候去的那里?等等,我好像又漏掉了很多内容。

注——再版时 B 先生补入

1. 天幕国 A 瓶

内容是艾摩希依丝在午夜见到葛蕾兹,两人一起从地下通道翻过天幕界,来到了天幕岛外围,发现外面的环境确如葛蕾兹所说"已经适于人类生存"。两人用小岛丛林的枯树制成木筏离开了天幕岛,游历了包括瓷国在内的五座岛屿国家,最后发现了阿特国,艾摩希依丝决定将父母接来此地定居。但她们回到天幕国的蓝鼠地下公寓后,却发现家中父母与另一个艾摩希依丝生活在一起,备感震惊的艾摩希依丝和葛蕾兹重归疗养院,意欲弄清事情真相。

2. 天幕国 B 瓶

内容是艾摩希依丝和葛蕾兹回到疗养院见到了我父亲,质问蓝鼠地下公寓中的艾摩希依丝是谁,我父亲当着艾摩希依丝的面将葛蕾兹关机,并带艾摩希依丝到一个房间看了其他葛蕾兹仿真人。后续内容虽与她的传记稍有出入,但基本相同。

3. 第三代魔伊幻境剂

用剪切技术将天幕国 A 瓶的尾部剪掉,内容从艾摩希依丝和葛蕾兹的午夜会合开始,到她们决定在阿特国定居止。

4. 阿特国

阿特国是艾摩希依丝和葛蕾兹游历的最后一个岛屿,这个国家除白昼与黑夜外,还有一个灰区。在灰区中,阿特国的居民没有饥饿、困乏、病痛等感觉,所有人会被消除个人身份,居住在一座巨大的水晶迷宫中。迷宫由许多房门和房间组成,最初能遇到文学门、绘画门、音乐门等大门,进入之后还能进入各个小门,大门与大门、大门与小门、小门与小门之间又互联沟通。而艾摩希依丝就曾从文学门之内的非虚构门走进修辞门,又从修辞门转回到虚构门。迷宫的房间可大可小、可伸可缩,有的房间内还别有洞天,会有山川河流、农家村落、繁华都市等等景象,不一而足,年代风格也大相径庭。每个房间内既有进行创作所需的材料和工具,也能欣赏到其他人业已成就的作品,门类随意不限。阿特国的居民有时会孤身一人创作,而有时又能与他人相遇,合作完成作品。至于谁会进入哪个房间、学习什么、见到什么场景、遇到什么人,既凭个性与趣味的偏好,也凭积累的修养以及说不清的机缘。阿特国的居民在迷宫中虽被消除个人身份,却能用其他时段获取的生活素材创作作品,不论在其他时段是什么样的人,在灰区中都可以成为杰出的艺术家。

CHAPTER 10

召回第三代
RECALL GEN III

召回第三代

CHAPTER 10

之前有三十多家大大小小的仿真人公司跟我们联系，想要购买凡瑞泰尔镇中的人物形象版权，但我们将版权低价卖给了Y的公司。Y在一次酒局上喝得油光满面，还一趟趟从座位上跑下来，不厌其烦地给我和Z添酒续杯，又通红着醉醺醺的脸笑道，"我们现在生产的凡瑞泰尔镇系列仿真人，都是市场爆款，你们猜谁卖得最好？"他望望我，望望Z，然后嗤地一笑，乐呵呵碰了碰Z的杯子，自饮了一口，又碰了碰我的杯子，自饮了一口。我说，"是葛蕾兹？"他响指啪的一声，指着自己的杯中酒拖着长腔道，"当然是葛蕾兹！"

在给艾摩希依丝设计新危境和新希望时，我们决定把信任关系建立在葛蕾兹身上。Z通知了Y，没过几天，Y就免费送了一台葛蕾兹给我们，并写入了我们需要的程序。按照程序，葛蕾兹会在某天清晨与艾摩希依丝见面并传达以下信息：(1)她的父母并没有死；(2)天幕国政府声称天幕国之外还如很多年前那样因环境污染而不适宜人类居住，但事实上天幕国之外的世界早已恢复，并有其他人居住在其他岛屿；(3)建议艾摩希依丝到天幕岛之外去看看，寻找一片诗意的栖居地将父母接去；(4)跟艾摩希依丝约定午夜见面，然后逃离。

仿真人葛蕾兹当然没有再出现，我们料定艾摩希依丝会根据我们的设计开始造境，果然，午夜与她碰头的葛蕾兹已是她的幻境所致。

我们很庆幸艾摩希依丝并没有随着幻境死去，因为谁都没有想到她会在幻境中如此设计自己的死——无生命的仿真人。可这次收割后，艾摩希依丝又昏迷了两个月，苏醒时却没有失忆。后来我去看望她，她激动地对我说，"再给我两个月的时间，我一定能证明我是人，而那个住在我家的才是仿真人。等我造出幻境，请你将我的父母接来，让我和他们永远在一起。"我心有不忍，忙道，"好，我答应你。"

但其实我并不希望艾摩希依丝再造境，她在天幕国 B 瓶中造出了我，我又变相"杀死"了她与葛蕾兹，若她再造境，我定会在下一次 B 瓶中死去。够了，我不会允许那一幕发生，哪怕她造了境我也不会采集收割，大不了以后我让 Y 把仿真人做成她父母的样子送过来，也不是不可以。

但目前还有一件事让我很为难，那就是如何推出第三代魔伊幻境剂。它现在就在我的手中，三十瓶日夜剂每瓶都包含了丰富的故事，我可以将单瓶价格降到 2000 古森，甚至 1500 古森，庞大的销售额和利润指日可待。只是追梦科技公司上次查到了艾摩希依丝的死亡，那么这款以她为主视角的幻境剂又该出自谁人之手呢？我岂不是暴露了艾摩希依丝还活着？

我又得造个假，我不得不这么做。我得让其他人相信切

召回第三代
CHAPTER 10

斯公司成功研发出了追梦公司苦苦追求的那种药剂，第三代魔伊幻境剂不是出自谁人之手，而是一瓶由切斯公司以艾摩希依丝的视角制作的成片——一部奇幻历险的续集。这样做当然很冒险，如果之后的一两年我们没有再推出新的成片，谎言会不攻自破。可此时此刻，第三代幻境剂就在我手里呼之欲出，它足以让公司在现阶段力挽狂澜，它必须问世。以后的事情以后再说。

我一边加大着剥离技术的研发进程，一边推出了第三代魔伊幻境剂。这款药剂的成功超出了我的预期，新闻媒体和业界人士称赞它不仅仅代表着一款药剂，更代表了切斯幻境科技公司拥有了自己的核心技术，并能以此制作出更多的成片，投资公司纷纷从追梦撤资，转而向我们抛出了橄榄枝，这使得切斯一跃成为了行业龙头。

但在这款幻境剂热销两个月后，我父亲突然旧病复发，这次病势来得凶猛，虽然他精神状况看上去还好，但医生们认为情势不容乐观。在安奈洁的提议下，整个家族开始紧锣密鼓地操办起父亲下个月的寿宴，务必要比以往更加隆重，更体现出这位罗特药业掌门人的辉煌一生。然而父亲一反常态，要求我母亲传达他的意愿——把宴会局限在家庭范围内，安奈洁这个生意伙伴例外，可陪同我的兄长一同参加。

寿宴那晚，父亲的宅邸灯火如昼，寿礼在外厅摆得满满，气氛也着实热闹，我的堂伯堂叔及其他远近亲戚都到了，一些人走到父亲轮椅边道贺，一些人则彼此寒暄闲聊。屋里还有不少小孩子，有的蹦蹦跳跳在一旁嬉闹着，有的却黏在父母身边怯而不语，还有几家远亲我甚至都叫不出名字。

就在宴会庆祝仪式开始没多久，气氛就变得不大对劲，有人三三两两聚在一起用手挡着嘴唧唧哝哝着，还有人颇不礼貌地看起了手机。我从托盘上端起一杯香槟四下观望，见有人也凑到我父亲耳边说了点什么。

蔓如穿着一袭藏蓝撒百合花的晚礼裙疾步冲我走来，看上去像一尊快要跌倒的瓷瓶，到我面前时，那两条细长的钻石耳坠依旧打秋千似的前后晃荡。我笑问道，"今天这都是怎么了？你们……"

她忙压低声音说，"快看新闻，切斯出事了。"

蔓如把我拉到窗口的偏僻角落，将亮着屏幕的手机塞进我手里。我一看，原来几大著名媒体都出现了相同的报道——切斯幻境科技公司的股东Z涉嫌一宗谋杀案——前一晚，警方于某地下公寓发现了一具女性尸体，死亡时间为三天前，当警方调查并核实该女性的身份时，发现她系Z所挂职医院的一名失踪患者，然而该病患的档案却被Z启动并更新了诊治记录，Z作为重要嫌疑人已被拘留。此外，网上又将许多不实信息推到了风口浪尖，说该病患与切斯公司的第三代魔伊幻境剂有关。

可凶手不会是Z，我肯定不是他，艾摩希侬丝还活着，并不急需那个女孩儿的身份，Z没有半点杀人的动机。我抬头远远扫了一眼父亲，他还在跟别人说着什么，安奈洁和哥哥也一边聊天一边望着我，看我抬起头又装作不经意的样子收回了目光。

召回第三代
CHAPTER 10

难道这个病人也和艾摩希侬丝一样,是个很有研究性的特殊病人?可即便如此,Z也没有理由杀人啊。一定不会是他,凶杀案本身问题并不大,只是……Z肯定说不清他为什么要启动这个病人的记录,这就麻烦了。

蔓如轻轻抚摸着我的胳膊,"A,别担心,老爷子在呢,这事儿不会牵连到你。"可蔓如根本不知道这件事情的背后有多严重。母亲也走了过来,眉头紧蹙,同样压低了嗓音道,"你父亲刚说身体不适,要你把他推到书房休息一会儿。"

我只得迈着僵硬的双腿向父亲那边走去,避开他的目光,绕到他身后推起了轮椅。书房门刚一关上,父亲就挺腰直问,"Z到底有没有杀人,这件事情你有没有参与,你知道多少?"

我看着轮椅上的父亲,不由心慌,"Z应该不会跟这桩谋杀案有关。"

父亲拍着轮椅的扶手,"那他为什么要启动那个人的记录?"

我的声音变得像孩子一般嗫嚅,"不是太清楚……"

父亲微微低下头,用指尖不住地摩挲腿上的绒毯,沉沉地说,"我早就提醒过你,Z的为人你要注意,也许他没有杀人,但你骗不了我,这件事情一定和你们的幻境剂有关。A,我的孩子,我看顾你的时间不多了,你不能永远都这么懦弱犹豫,出了问题,你不能害怕不能逃避,而要迎头直击。如果这件事和切斯公司、和你有关,一切要早作准备,不要等到最后一分钟才补救。"父亲抬起脸盯着我,"好了,快说吧。"

我看着父亲的绒毯有些歪斜,心中隐隐作痛,不知道该不该在此刻将一切和盘托出,若是为了我的事情再将父亲的身体彻底拖垮……这事儿怎么偏偏发生在今天?

"快告诉我。"父亲的声音陡然严厉起来。

我被父亲弄得心神紧张,遂颠三倒四地讲起了事情的始末。父亲一直静静地、认真地听着,他似乎从来都没有这样静静地、认真地听我说过话,他一次都没有打断我,那种沉默更令我失措。我停了下来,只见父亲的表情冷静异常,"你确实和这杀人案无关?"

"毫无关系。"

"Z改那记录只是为了方便给艾摩希依丝下死亡鉴定?"

"是,他应该和凶杀案也没有关系。"

父亲攒眉摇头道,"你们真是多此一举!"说完深深地喘了口气,"算了,这事儿也怪我。"他暗自想了想,随即联系了罗特药业律师团的首席律师黎茵欧,命她抓紧时间打探Z的案情,并委托她作为Z的律师。父亲的嗓音听上去如冻土般坚硬,根本不像出自一位年迈体弱之人。

挂上电话后,父亲的脸色缓和下来,"我们先等她的消息,你也不用太着急,现在咱们回宴会厅。记住,出了这道门要不露声色,哪怕外面都是你的家人。"我点了点头,在门打开之前,父亲又嘱咐道,"从今天开始,你就留在我这里,事情解决之前哪儿都不要去,别乱走动、别乱说话,老老实实待在你以前的那间卧室。"

召回第三代
CHAPTER 10

那天宴会结束后,我就再没见过父亲,连母亲和蔓如也没来看我,大约是父亲对她们有过交代。我除了在自己的卧室来回走动、看看新闻,别无它事可做。我就像一只寄居蟹,找到了一个更大、更坚硬、更有安全感的房子,外面山呼海啸,这里却水静无波,时光仿佛在倒退,我在缩小,我知道那个坐在轮椅上的父亲会像个身强力壮的骑士为我披荆斩棘。当然,我也并非一点都不担心,我只是很难想象会有警察拿着逮捕令把我从此地抓走,我瞅了瞅四周,这个温馨宜人的独立空间是如此与世隔绝,我感到现在的自己竟有些像艾摩希依丝。

但与世隔绝是不存在的,因为我每天都能在新闻中看到案情的进展。有件事让我觉得很不正常,斯莱姆区的犯罪率那么高,每次爆出的凶杀案即便轰动一时,很快就会被其他罪案报道所遮盖,人们遗忘的速度历来快得吓人,可怎么偏偏这次咬住不放。难道是魔伊幻境剂让切斯公司受到大众的关注,还是……追梦科技公司搞的鬼?他们一定要扯住Z,把他更改病情记录一事和第三代魔伊幻境剂攀上关系,估计他们已经感到,这是个可以越撕越大的缝,从这个缝里定能掏出许多内幕。

几天后我从新闻中得知,案发当天,Z和妻子参加女儿学校的科技比赛颁奖仪式,时间上可以证明他与此案无关,并于昨日保释。凶杀案的关注度就此冷却了下来,但另一件事情却浮出了水面。报道称,切斯公司和某仿真人公司有长期不正当的资金往来,切斯公司曾将凡瑞泰尔镇的人物形象版权以不合理的低价卖给了该仿真人公司，而切斯公司还在四年前以更不合理的高价购买过一款一比一的订制仿真人，并且，该仿真人公司的老板是Z妻子的堂弟Y。

看到这条新闻，我惊得双脚跳了起来，再也坐不住了。父亲确实老了，体力与精力果然都不行了，他怎么能让媒体轻而易举地挖出了这些事情？我仿佛看到父亲的满头白发不体面地纷乱着，而他正坐在轮椅上无助地拍着扶手，萎缩的双腿衬得臂膀过分细长。我想把眼前这幅晦气的画面赶走，不，我的父亲绝不会如此失态，他不会。

我立即喊来家佣，让她给父亲去电话，而她却说父亲下过命令，不得让我与外界联系，这让我急得满屋踱步，浑身冷汗直冒。好在当晚我收到了父亲的信息，家佣说，"只有七个字——一切尽在掌控中。"父亲定是料到我看了新闻会着急，会按耐不住，才传了信息给我，若非十拿九稳，他绝不会发这几个字。

一天后，满屏的新闻却是这样的——Y的公司并不具备制造高级仿真人的资质，但切斯公司却秘密投资合作研制出一款名为艾摩希侬丝的高级仿真人，并用了四年的时间在这款具有神经机能的高级仿真人身上植入了吉哈诺病毒，而Z之所以非法启动医院失踪病患的病情记录，是为了让仿真人更加确信自己是患有封闭妄想症的真人。控方服用了切斯公司未发布的代号为18221·A瓶（后来我才知道是经过剪切粘贴的天幕国B瓶）的药剂，确认第三代魔伊幻境剂并非切斯公司制作的一部成片，而系高级仿真人所造。但这款新型药剂并未经过任何临床试验，正被全部召回，卫生部门建议已服用者去医院接受免费体检，据悉目前尚未有人出现不良反应。切斯公司与该仿真人公司将面临上千万古森的罚款，仿真人幻境项目被叫停，五家投资公司已就此事提交了索赔诉讼，切斯公司的Z先生于今日引咎辞职，而首席执行官A先生一直未就此事发表过任何公开评论。

彻头彻尾出乎我的意料，不仅是结案的方式、切斯公司面临的损失、Z的引咎辞职，还有第三代魔伊幻境剂——整整三十瓶一组的日夜剂，就这样从市面上销声匿迹。

"结果还不算太坏。嗯？"后来父亲歪坐在轮椅里，夹着根雪茄说，"第三代幻境剂没了就没了，生意人嘛，难免会不甘心。说实话，当初我也不甘心，但想通了也没什么。"父亲吐出一口烟，"谁让第三代不像第一第二代那么适逢其时呢。"

我听不明白父亲的话，"适逢其时？"

父亲看了我一眼，笑道，"你推出第一代魔伊幻境剂的时候，恰好是在一次暴动前没多久。不记得了？"

我摇摇头。

"估计现在也没什么人记得了。"父亲想了想，"好像是在斯莱姆区？不是……应该是在理塔德区，几个警察扫荡了那儿的一家无照酒吧，说有非法的政治集会，还带走了几个人。当时就有围观民众不满，对警察投掷石块砖块，还有人开始趁火打劫、打砸商店，之后有几名武装分子袭击了那儿的警局。结果事态越来越严重，政府就派了新组建的仿真人部队去增援，很快就镇压下来，死了六七十个人吧，仿真人部队就此声名狼藉。"

"仿真人部队……"我想起了艾摩希侬丝的铁森林一战，惊讶地望着父亲。

父亲笑了，"对，恰好那会儿你刚推出了第一代幻境剂，给仿真人部队树立了很正面的形象，幻境剂本身又有娱乐性，一下就成了最佳的宣传方式，所以一直受到暗中支持。"父亲脸上多了些精神，"你还记得吗，有次艾摩希侬丝的事情差点曝光，就是政府相关部门力证了那份死亡鉴定书，这事儿就给遮掩过去了。"

"难道那个时候你们就知道艾摩希侬丝没死？"

父亲的神色有些尴尬。蔓如在旁咳嗽了一声，"是我告诉父亲的。"

"这么说你也知道？"

蔓如咬了咬嘴唇，低声说道，"你把她弄家里没多久我就知道了，一开始也没当回事，想着她不过是你们用于科研的精神病人，可后来她在家里住的时间太长，我就有些怀疑，结果查到你们订了个仿真人替换她回家，还伪造了她的假死。我当时有些担心，就告诉了父亲。A，我是因为关心你才这么做的。"

父亲抬起手止住我的反驳，"你不要怪别人，我们大家也都是为你好。我们看你一直都不愿主动提这些事，也就权当不知道。好在后来事情也盖棺定论了，我就想，就这样留下那个精神病人吧。"

我压住心头的不快，"既然盖棺定论了，为什么这次不跟上次一样遮掩过去？"

"这次情况完全不同了，说实在的，卫生部那边倒没什么态度，但安全部那边却很强硬，一定要封杀。"

"为什么非得封杀？不过是一款娱乐药剂而已。"

父亲顿了一下，似乎有些犹豫，便含糊道，"逃离天幕国……你想想看，安全部能容忍吗？"

"谁又不是傻子，没人会相信天幕国之外一片碧海蓝天，有岛屿，有居民，还有什么阿特国！"

父亲摇摇头，"未必谁都不信。"

"不信就不信，那就封杀吧。可干吗又是罚款，又是召回，又是辞职，又是仿真人幻境研究项目叫停，这些都算什么？"

父亲摆摆手示意我声音小一点，"这事我也有责任，安全部那边早有人跟我通过气，说封杀第三代幻境剂势在必行，只是不好直接操作，怕引起民众更多的疑心。他们多半是想让切斯公开宣称幻境剂有某种副作用，然后由我们把药剂召回，可这款幻境剂眼见着就能带来巨额利润，我为什么要召回，我就没同意。我当时想，反正我们和安全部、和军方之间有很多共同的研发项目，也有太多的利益瓜葛，我们有谈判的底气，没人真敢对我们轻举妄动。可我确实也得罪了一些人，后来Z出了事，事情又直指艾摩希依丝的假死，虽说你们自以为把有关她的证据清理得很干净，但还是被人搜罗出一大堆，政府部门派人跟我摊牌——要么把艾摩希依丝的事情捅出去，依法照章办事；要么和政府合作，清除市场上的第三代幻境剂。"

"可我真是不懂，有必要么，简直是小题大做。"

蔓如轻轻地抚了抚我的肩头，暗示我的声音又大了。

父亲正要说话，却忽然被烟呛到，咳了半天才平复下来，接着说，"很多事情都超乎了你的想象，我一直不希望让你牵扯其中，不想让你牵扯进这些错综复杂的关系里。我觉得以你的能力搞搞娱乐药物的研发就挺好，我希望切斯能成为你的一个与世无争的小国度，你可以待在里面无忧无虑做你喜欢的事，可没想到……"

"没想到我捅了这么大的篓子。"

"不过以后艾摩希侬丝和你没关系了，你可以安心了。我也看了你们公司这一年度的研发目标，没了Z，没了艾摩希侬丝，也影响不了你什么。"

我愣了愣，"没了艾摩希侬丝是什么意思？"

父亲不言语，我转脸又看了看蔓如。蔓如说，"她被一些人打了封冻针接走了。"

"谁敢闯我们家，说把人带走就带走！"

父亲打断我的话，"你别管了，不要问，不要管。"

我又盯着蔓如，"她当时什么反应？"

蔓如先看了父亲一眼，又看着我说，"没反应，她什么都不知道，萝蓓塔先偷偷给她打了一剂催眠针，然后才打的封冻……"

父亲忙接口道，"她被接走是好事，以后都跟你没关系。

行了，咱们不谈这个了，我就是想告诉你，这是机密，只能我们三个人知道。"

我不由恍然大悟，"所以你们要逼Z辞职，因为这是机密，他不能知道任何关于艾摩希依丝的事情。"

父亲意味深长地淡淡一笑，"是啊，不过你别担心，现在我也有证据证明艾摩希依丝的事情他是主谋，公司的损失也都由他一手造成，只要他答应辞职并且以后和你再无往来，我不追究任何经济责任。"说到这儿，父亲又咳嗽了起来，蔓如走上前去轻轻捶敲着父亲的后背，用眼神止住了我的话。

父亲咳过一阵，才提上来一口气，"去把你母亲叫来吧，我累了。对了，你最近还是在家休息，下个月再去公司吧。"

然而，我并没能如父亲所愿在下个月回到公司，因为父亲的身体状况一直恶化，三周后就离开了人世。

父亲去世那天我在场，当时母亲正坐在他身边念着经文，父亲躺着听了许久，可突然想到了什么事，让我通知哥哥中午回来吃饭，还要他务必带上天堂剂的样品。我挂上电话后跟父亲说，哥哥马上就赶回来，当时父亲还满意地笑了笑，可那笑还没结束，父亲便开始抽搐，他死死抓住了我的胳膊，手指的关节显得粗大而发白，眼神也变得可怖仓皇，仿佛他正进入某个空间，看到了什么异样的东西，因为那双眼睛虽然盯着我，可我好像并不在他的眼前。几秒钟之后，父亲才回过神来看着我，眼神也越来越柔和，淡白的眼睑浸透忧伤和不舍。

父亲就这样离开了人世，在他离世的那一刻，他看到的我仍旧是将公司搅得一塌糊涂、败绩连连的样子，四十岁了还需要他为我鞍前马后、令他放心不下。

我在父亲那里住了很长一段时间，直到父亲的葬礼结束、遗产分割完毕后才离开。那之后，安奈洁对我和母亲的态度有了些许转变，笑中锋刃少了些，傲睨自得更胜从前。显然，她对财产的分割相当满意，虽然父亲在切斯幻境科技公司的股份由我一人继承，但罗特药业的大部分股份都由哥哥继承，并且父亲还在去世前召开了股东大会，促使罗特药业同切斯这个不景气的子公司彻底分离，而其他财产哥哥继承的也略多一些。不过哥哥的态度和以往并无两样，这位罗特药业的新一代掌门只是越发沉闷严肃了。

当我回到自己的家，我感到这个世界变了。父亲走了，Z离开了公司，那个令我在造境界叱咤一时的艾摩希侬丝也不知所踪。我现在虽是切斯幻境科技公司的最大股东，可那又怎么样，切斯不过是一具没有生命力的躯壳而已。而我不堪忍受的还有那种人去楼空之感，在父亲的家里我被这样的气氛压抑着，回到自己家中，它依旧挥之不去。我不由自主地沿着楼梯往上走，走过二楼的转角处也没停下，继续向三楼走去。

密码门被拆掉移空了，三楼的走廊又恢复成艾摩希侬丝到这里疗养之前的样子，所以当我拧动她房间的门锁时，我以为那里面也早已清理干净。可出乎我的意料，病床在，书桌椅子在，书架和书本画册都在，就连桌子上那些写着字的纸张也在。我心中难以抑制突如其来的伤感——不知道艾摩希依丝现在被什么人关到了什么地方,她又会遭遇什么不堪境况?而这一切都是因为我。可我在此时竟想到了她的笑容,想到在她看书时我敲门进去,她从书本间抬起的脸上会出现那种不属于这个世界的、带着梦幻质地的笑容。

"先生,太太让我保留房间的原样等您的指示,需要我整理打扫出来么?"

"不用。"我望着那张空荡荡的病床说,"就保持这个样子,你先下去吧。"

房门被合上后,我走近桌前,随意拿起几张字纸看了看。那是艾摩希依丝的字迹,我认得,字纸上面有些是人物描写,也有几个对话片段。我又翻了翻别的,有一张拼贴图吸引了我的目光。我把其他字纸推到一边,将这张拼贴图展开铺摊在桌子上。

拼贴图的顶端用绿色彩笔画了根时间线,并按顺序标注了一些事件及年月日期。时间线下方的大片空白处粘着一些被撕得不太规整的圆形卡片。第一张卡片上写着她曾经去过或住过的地方,有木屋、Z的诊所、疗养院、凡瑞泰尔镇、阿特国……第二张卡片上描写了各个地方的声音特征,城市的杂乱、橡树林的雷声雨声鸟鸣声,雪森林的死寂……第三张卡片上写着许多人名并贴了几张人物描写,有她爸爸妈妈、Z医生、葛蕾兹、萝蓓塔……第四张卡片则贴了几张对话片段,第五张卡片上是她对各种事件的想法随笔,第六张则是各种情绪感受的描述……第七张卡片……

这是什么意思？我拖开椅子坐了下来，伏案研究着她的拼贴图，并将剩下的字纸一张张分类整理，依次往上粘贴。她是想通过这样的方法来了解发生在自己身上的事情吗？我比对着这张拼贴图上面的时间线部分和下面的圆形分类部分，它竟让我想到了我们的剥离技术。没错，艾摩希依丝在用某种方式对这些事件进行剥离。一种是按照时间性来剥离，这倒很像追梦科技公司的剥离思路，它们的剪切粘贴工具就是基于这种纵向剥离理念，就仿佛一个人拿着一卷电影胶片，将每一帧区分出来，然后剪下并重新整理粘合。

而下方的圆形分类图，则仿佛是在承认第一种剥离技术的前提下进行第二种剥离，这就相当于她把每一帧胶片中的背景画面、背景声音、人物、对话、心理和情绪感受等等重新拆分，再把同类的元素合并在一起。我是不是可以把这种剥离技术称为横向剥离？

我忽然意识到我们的研发团队也许搞错了方向，那些来自追梦科技公司的研发人员一直沿用的是纵向剥离手段，所以才没能从第一代、第二代魔伊幻境剂中萃取到最核心的成分。但如果我们采用纵向加横向的剥离方式，提取出背景画面幻想因子、背景声音幻想因子、人物幻想因子、对话幻想因子、心理幻想因子、情绪幻想因子等等，再将这些因子调和，最终就有可能得到我梦寐以求的幻境剂。

我抓起那张拼贴图就往门外走，三步并两步下了楼。我要去公司，艾摩希依丝并没有离弃我，我的幻境剂还有希望。我承认，之前一直不想去公司是因为我不想去面对那一系列莫名其妙又无法言说的打击，更不想面对Z的离去。可如今，我再次被一种强大的力量所推动，没有Z和艾摩希依丝，我就靠自己来完成这个项目。我想到了Z什么时候说的一句话，好像是大学时我们的项目惨遭枪毙后，他说别人的打击和摧毁只会让他有一种悲壮感。我现在就有这种感觉，我要将这悲壮感托起来，仿佛那两个人还在远处望着我，等待我把他们未竟的事业做完。

回到公司后，我立即召各部门负责人来办公室，意欲了解公司近期的情况。可人事部的负责人告诉我，在这段时间，公司大约有三分之一的员工已离职，其中包括以前从追梦科技公司跳槽过来的全部研发人员，不过目前整个公司的运转还算正常，研发部还有十几名员工。等财务部、市场部、销售部、技术部等负责人依次向我汇报完，我命助理通知下去，一小时后研发部全体成员开会。在去会议室的路上，我途经Z的房间却没有停下来，而是直接拐了个弯走了过去。

会议中，我和余下的研发人员着重讨论了新的剥离理念，一些人对这个思路非常认可，但也有一些人提出了异议，说研发的难点在于我们无法确认具体的剥离层数，也无法确认是应该层层剥离，还是先剥离大层，再从大层中进行子剥离。并且，即便我们剥离出了全部的因子，如何调和、配比这些因子，都需要非常精细、非常繁琐的过程，要经过无数次的实验，因此他们认为，将横向剥离作为现阶段的研发目标并不明智。但最后我力排众议，决定先进行初步尝试。我预备提供尤尼克 A 瓶和凡瑞泰尔镇 A 瓶,让他们按照该思路开始实验,而我自己则用天幕国 A 瓶进行试验。我心想,这还不够,我还要扩大我的研发团队,如今我手握父亲的遗产,将切斯再支撑些年不成问题。

会议结束时我看了看表,正是下班时间,我独自坐在会议室等到他们一个个离开了房间,又等到这一层的工作人员全都走了,才命助理打开了 Z 的办公室。

一进门,那股熟悉的味道就扑面而来。那是 Z 的衣服发酸的气味,一摞摞研究报告的气味,西格特牌香烟的气味,甚至还有尤尼克、兹波拉、白猫、凡瑞泰尔镇这些词的音节自带的气味,这些味道在长时间的封闭中混合在一起,似乎发了酵,又添上一层变了质的陈腐气味。

但除了味道,Z 在这里工作的痕迹都被抹去了。大办公桌上清得干干净净,连一根笔、一片纸都没落下,什么都没。我原本期待 Z 会在临走前给我留些话,哪怕是只言片语也好。我把抽屉一个个拉开,但里面看不到一粒尘渣,柜子也是如此。我父亲说过,Z 答应不再联系我,这是笔交易,一旦他联系,他就要面临巨额赔款,而我也不可能联系他,这不仅是我对父亲的承诺,更是……我和 Z 之间还能说些什么?如今我连艾摩希依丝的下落都不清楚,更何况,Z 之前做的种种事情,我并非一点都不怪他。

当我踏出办公室后回身的那一刻,我看到窗口的夕阳将窗户隔栏的阴影投到了大大的桌面上。我有点恍惚,想起那天卢雅也是坐在一张洒满阴影的桌前,她头戴格子方巾,一脸疲惫地望着自己不易而操劳的生活。但我现在不愿去想他们一家的近况,我硬下心肠,拽住把手关上了门,门锁咔哒一声,好像我心里也有一扇门咔哒一声,冷冷地关闭在黑暗之中。

CHAPTER 11

 食人飞蚁

FLYING CANNIBAL ANTS

食人飞蚁
CHAPTER 11

事情就是这么匪夷所思。我无意间发现这房间变得有些不一样了：以前窗帘的褶皱在底端会微微向左歪，换洗之后也歪，如今却不歪了；以前窗户上有一道印痕，如果将双眼正对它，它本该跟花园的红色石墙顶端相重叠，而如今这道印痕却高出了那顶端三毫米；还有书架第四排第十一本书的位置原本有一条模糊不清的刻纹，看上去像只黑色的蚂蚁，如今也没了。

第二天中午，怪事一桩接着一桩发生。我刚把吃好的餐盘放到小桌上退回去，准备看会儿小说，当我走到书架前，却发现有好多乌黑发亮的蚂蚁正挤挤挨挨地蠕动着。它们从一些书的页缝中爬出，爬向书脊和封面的棱角处，爬向书架的横板与竖板，不一会儿，所有木板都被黑色覆盖了，连最下面的盒子上也布满了蚁群。

我泛起一阵恶心，回到床边按了按蓝色按钮，可等了半天萝蓓塔也没来。我心下思忖，蚂蚁应该在花园里才对，它们一定是找不到吃的所以才从什么管道里爬了进来，我用食物做饵说不定能把它们引出去。只是这间房子有自动通风装置，玻璃窗向来都关着，于是我走到窗户前看了看窗棂，见上面确有滑道，可我不知道怎么才能打开它，也许得用某个开关或者控制器？看来还得等萝蓓塔。

我又按了按那个蓝色按钮，转头向门口张望着，门缝底部没有任何亮光，没有任何动静。

也许我可以把它们引到门外？我又按动了黄色按钮，小桌里升出了一叠脆饼干和一杯清水，我抓起饼干蹑手蹑脚地走近书架细细观察。蚂蚁们已不再爬来爬去，而是停在那儿交头接耳，好像正密谋着什么事情。我掰了些饼干搓揉着撒在书架下方，又一边掰撒一边往门口挪动，还将一些饼干末沿着门底缝隙轻轻抛向门外。

等我回到书架前，它们果然开始移动起来，虽然各自前进的方向有所不同，但都按照一定的节奏在踏步，它们在同一时刻抬起了同一只脚，又在同一时刻落下脚。过了一会儿，它们排列成一块块小方阵，像我儿时玩过的拼图一样慢慢变化组合着，最后形成了三组纵队。我想它们一定是察觉到了那些饼干末，所以才排好队准备去搬运食物。

可那三组纵队并没有按我的预期顺着书架往下走，而是陆陆续续往上方攀爬，我这才看到起首的那三只蚂蚁个头略大，又着玻璃状的细长翅膀，仿佛是这三组纵队的领队。它们带着蚁群不断向上，直爬到和我的双眼平齐才停了下来。

我盯住那三只飞蚁，它们昂着头，黑色的触角摸摸索索朝着我的方向探测着，眼睛也好似盯着我。忽然，它们撑开翅膀，如三架战斗机嗡嗡驶来，我要挥手抵挡这莫名的突袭却为时已晚，两只飞蚁绕开我的眼睛从左右两侧钻进我的耳朵，另一只飞蚁则钻进了我因恐慌而张着的嘴巴。

我的耳内发出喳喳咔咔的响动，仿佛一张脆纸壳被咬得破碎稀烂，我忙把指尖戳进耳孔抠抓，紧接着又是一阵尖利的嗞啦声，钻心钻脑的疼。我弯下腰狠狠甩动脑袋，拍打着耳廓面颊，可那声音像一根横穿左右的闪亮毒针，无休无止地向两边急速延伸。

我奔向浴室，慌忙跪在浴缸边拧开龙头，可耳中尖利的声音与乱糟糟的水声搅扰在一起，令我越发焦躁不安，只嫌水灌得太慢，而那毒针的两头就要划着浴室的瓷砖穿墙而出，我深吸一口气，屏住鼻口将头埋进了水中。

声音终于闷了下来，变得断断续续，嘤嘤嗡嗡，然后渐渐消失了……我在水中看着浴缸青白的底部，发现它竟有点像那座方形冰湖，里面还有个缺了骨骼的弯曲人影正在晃动。我睁大眼睛辨认着那团人影，它的脸上浮现出变形的五官——嘴巴、鼻子、耳朵……一双铅色的眼睛蓦然睁开，是葛蕾兹！我向光影中摇曳着的身姿伸出手去，可那两只飞蚁划动着双翅游到了我的眼前，我惊得从水中抬起头，甩出淋淋漓漓的水弄得满肩满背。

噪音没有了，应该是那两只飞蚁从耳部出来了，可当我俯身往浴缸内张望时，它们已不见了踪影，连葛蕾兹也不知去向，只剩下一缸水仍在摇摇晃晃。我站起身，却像处在颠荡的大海中，跌跌撞撞出了浴室房门，脚下的地板一直左倾右斜，门框和四壁也甩来荡去。我一头栽向地面，如受惊的动物匍匐在地不敢动弹，停了一会儿，直到地板止住了震颤，再次显示出坚实可靠之态，才试探着抬起身，又觉得哪里不对劲——刚才明明摔了，怎么什么响声都没？我拍打起地面，依旧没有声音。而就在此刻，在我还来不及分析这到底是怎么回事时，喉咙也变得刺痒难耐，像有粉尘或其他异物粘黏在那里。我知道，一定是第三只飞蚁在作祟。

水，我又想到了水。我爬到小桌边一把抓过水杯往嘴里灌，可那水顺着我的嗓壁直接滑入了肚肠，对那飞蚁毫无影响。我又含了一口在嗓子眼里，呵喽呵喽地漱着，可它竟能躲在肉层的弯弯角角避开水的攻击。我掐着喉咙不住干咳，又厉声尖叫，希望能用这咳声和叫喊声将它全力逼出，但它越钻越深，双翅蹭着喉咙凸凹结节的肉壁，双钳左右开弓，东剪一刀西撕一道。我听不到自己的声音，只感到嗓子里的什么东西变得像破布条一般七零八落，什么东西解体了，再也聚不住、动不了。

我再次拍打起按钮，希望谁来救救我，又跟跟跄跄跑到门前，拧着把手往自己怀里拽。门锁得紧紧的，没有任何人来救我，没有任何人感到有一些可怕的事情正在降临。过了半响，嗓子里的那只飞蚁才停了动静，疼痛感也消失了，可一想到书架上还有那么多蚂蚁就令我不寒而栗，只暗自祈祷不要再有哪只朝我袭来。

我定在地上一动不动，时间一分一秒过去，半个小时，一个小时，地面上那方沉沉的光块在无声而缓慢地移动……书架上的蚁群依旧密密麻麻，但好像因失去了统领而不敢轻举妄动。过了许久，我蹑手蹑脚回到了床边，从床上拿下一只枕头挡在身前，然后一点点往书架处挪。蚁群像黑色的小石砂一颗颗立在那里，我乍着胆子凑近，发现它们的触角也定格了，如一个个微型石雕。我退后了一些，抓起枕头砸了过去，一群蚂蚁从书架上飘落下，几乎要落到我的身上，我忙扯下被单挡住，一面又拽了身旁的椅子狠狠砸过去。更多的蚂蚁落了下来，在地上东倒西歪，纹丝不动。等了半天，我才松了口气。

书架前是一地蚂蚁的死尸。

这么离奇的事情不会是真的，唯一的解释是——我已身在幻境。可我想不明白，既然这是我造的幻境，我又为什么要把自己弄得又哑又聋？真希望没扔掉那条臬栖项链，不然我还能打开看看，看看自己是不是又变成了一摞书。

想到那摞书，我挪回书架前，徐徐吹开盒子上的蚁尸，把它拖了出来。打开盒盖，却发现那七本书不见了，里面只有一摞白纸，白纸上斜放着一支带有刻纹的金头钢笔。这又是一件怪事。

我心中满是困惑，举目四望，只见房间里狼藉一片，椅子倒了，床也歪了，书本七零八落地摊在地上，还有一片蚂蚁的尸身。我从那沓纸中抽出了一张，蹲下来把一些蚁尸撮到上面，预备倒进盒盖里再一齐从水池冲走，可那撮蚁尸倏忽变成了一行黑色的文字显现在白纸上，我以为自己眼花了，再仔细一看，那文字又变回一撮蚁尸。

我又撮起一把，蚁尸接触纸面的刹那再次化成一行黑色文字——"幻境之镜"，但那些字很快又恢复成散乱的尸身。

我接着撮了一把想确认一遍,但这回出现的却是另一行字——"艾摩希依丝 著"。我又试了一遍,还是"艾摩希依丝 著"。

我撮起一把又一把,可直到我把地上的蚁尸都清理干净,再没出现过新的内容。

我一边琢磨着,一边将盒盖里的蚁尸倒进水池冲掉。摆好椅子病床、铺好枕头被单后,我整理起那些被砸落的书。放头几本时倒没有觉得什么异样,可后来拾起了一本以前看过的书,随手翻了翻,里面是空的,像一个崭新的图画本。我又拾起另一本书一翻,里面却是有字的。我便在地上捡拾着翻看,并将它们依次插回书架,这才发现以 A、B、C 开头的书没有了文字,但以其他字母开头的书却和以前一模一样。难道那些蚂蚁是文字变成的,而进入我耳朵和嘴里的三只飞蚁就是 A、B、C?

收拾完毕后,我感到身心疲惫不堪,便取来那钢笔和其中几张纸放在了移动桌面上,躺在病床里把桌面卡在胸前。我深吸一口气,在第一张纸上端端正正地书写——"幻境之镜 艾摩希依丝 著",可下面该写些什么我却拿不定主意,想了半天,脑袋里一团浓雾,眼皮也越来越沉,不觉打了个哈欠。还是明天再说吧,我总得先理理思路才能动笔啊。我又摁了摁那个蓝色按钮,然而在我睡着之前萝蓓塔始终没来。

第二天,萝蓓塔也没有来。

第三天,怪事再一次发生。而这次的蚂蚁只有两组纵

食人飞蚁

队,飞蚁也只有两只——D和E。它们攻击了我的双脚,在脚面一点点啃噬,我看到薄薄的皮囊褪去后水灵灵的血附在那混沌的红肉上,居然一滴都没有掉下。我挥动手臂想赶跑它们,又用被子把双脚裹得严严实实,都无济于事,它们总会在片刻之后回到我的脚上,然后一心一意、不慌不忙地钳掉皮肉,咬碎吞食,再将血水吮吸干净。那疼痛一开始很剧烈,可后来变得像针扎,再后来变得勉强可以忍受。直到脚不那么疼了,我掀开被子一看,双脚已然像两只白色的螃蟹壳,只不过蟹壳的半边躯体插进了我肿胀的脚踝。

又隔了一天,飞蚁F和飞蚁G袭击了我的小腿。

又隔了一天,飞蚁H和飞蚁I袭击了我的大腿。

"你现在又聋又哑,下肢瘫痪了。"萝蓓塔在那天终于来了,她把这句话写在了纸上让我看,那张纸上还写着——"你将在两周内出现间歇性呼吸困难症,脑部细胞会渐渐死亡,不要害怕两周之后的那个辉煌时刻,你会如愿走进天堂。"

我什么都没说,我也说不了,我更没有把我的想法写在纸上给她看。我没告诉她食人飞蚁和无字书的事,她也对我的聋哑瘫痪报以无所谓的态度,更对满地的蚁尸置若罔闻。这几天我已经不那么害怕了,因为我越来越确信自己身在幻境,我告诉自己,要信任幻境中的一切,要静观其变,等我从幻境中醒来,我还会是以前那个艾摩希侬丝,我并没有耳聋,并没有失声,我依旧四肢健全能跑能跳。所以现在,我必须学会接受我的残疾,学会忍受疼痛,学会安之若素。

可事情仍在延续，又隔了一天，飞蚁 J 与飞蚁 K 攻击了我的太阳穴，它们先停在我的颧骨上，然后爬进头盔咬破太阳穴的皮肤钻了进去，我感到它们在我的脑部停留了大约两三秒后就消失了。这次袭击如此平静，我都有些不适应了。

但我在午后整理记事表以找寻写作思路时才发现，十六岁以前的那些事我居然忘了大半。原来那两只飞蚁攻击的不是我的肉身，而是我的记忆。可我不能失忆，绝不能。如果我失忆，现在的一切努力以及现在遭受的痛苦就都白费了，我会忘记自己造出过幻境，我会忘记 A 医生，忘记爸爸妈妈，甚至会忘记我是谁。如果我什么都忘记了，我这具不能行走的肉身和死去还有什么分别？

我想起几天前那些蚁尸在白纸上显出的文字，那一定是个谕示。我不能再等整理完记事表才开始动笔，我必须马上行动。我慌忙直起上身，从移动小桌上拿起那支金头钢笔，在纸上写下了我尚能记起的最初内容——

小时候我就知道自己与别的孩子不同，每当我听到汽车飞车的笛鸣马达、天幕屏和其他电子屏幕的嘤嗡声就会呕吐；如果霾持续三天以上，世界会变得淡然无光，渐渐只剩下轮廓，令我分不清楚眼前那一团团波浪究竟是妈妈的发型还是窗外的云朵，好在霾结束后我又会恢复视力；我的眼内若出现五十个以上的人，我就会鼻血不止，记得有次妈妈带我去动物园看仿真犀牛，园内人海涌动，最后以我输血三天而告终。因此,我只能待在家里,不能上学,不能去游乐场,连去医院也有问题……

隔了两天,飞蚁 L 与飞蚁 M 攻击了我的太阳穴,而那晚,当我再看之前纸上写下的内容时,我根本记不得自己曾去动物园看过仿真犀牛,也不记得自己曾在医院输过三天血。

这是场比赛,记忆与遗忘站在了起跑线上,哨音已经吹起,发令枪已经打响,它们都在卖命地向前飞冲,我必须争分夺秒才不会被远远落下。

可我居然会那么不小心,我居然在一天晚上糊里糊涂地睡着了,等黎明时分醒来时,我发现我的笔、我刚写过的那页纸、我以前整理的时间表以及很多用来拼贴的情节片段与对话片段,都掉到了床下,散落得满地都是。我忙把剩下没掉落的那些在桌上磕磕齐整,小心翼翼地塞到了枕头里面。

萝蓓塔走进门来,我满脸堆上笑容,冲她指了指地上的笔纸。她低头看了看,却装作一副不懂的样子,朝我淡淡一笑,然后踏着那些纸张走到病床边,照例量了我的心跳体温和血压就转身离开了。

我沮丧地看着她关闭了房门,只好扶着床栏杆弯下腰去够拾那些字纸,我乍着手抓摸半天才摸到两张,收好后,我另拿了几张空白的纸卷出了一个有点硬度的圆筒,继续去够那支笔。我的胳膊肘和腕部的骨节都快伸得脱臼了,才勉强碰到它,可一个不小心反将它碰得更远了一些。我急得满头是汗,整个身子往床边挪,上身全部探了出去,我顾不得棱嶒可怖的腿骨从冰冷的被单中露了出来,手腕猛然一个回拨,终于将那钢笔拨回来一点,又一鼓作气连拨了几回把它拨到床沿下方,这才终于拿到了手中,可其余的那些纸张我是再也够不到了。我得了教训,自此加倍小心,每次睡觉之前都会把纸张钢笔放进枕头封住压好。

但自从我失去了记事表和那些拼贴片段的帮助,记忆丢失得越发彻底——凡瑞泰尔镇里的一些事、天幕国外的一些经历,我都记不起来了,我只能动用在阿特国虚构门学过的一些技能,用看似合理的内容衔接上那些开裂的沟沟壑壑。

到了飞蚁 R 和飞蚁 S 入侵我脑子的那一天,地上已布满了厚厚的一层蚁尸。萝蓓塔每次走进来都会踵着那层蚁尸,她仿佛看不到它们,也从来不打扫它们。她倒是在纸上问过我,"你有没有出现间歇性呼吸困难的症状?"我没回答,只是像她冷冷地望着我一般冷冷地看着她。

我的间歇性呼吸困难症其实出现在飞蚁 T 来的那天,它像一枚钉子钉进了我的胸口,而且与其他飞蚁不同,它并没有在完成任务后自行消失,而是寄居在了我的体内,时不时地活动下自己,最初只有短暂的几秒,间隔三四个小时才发作一回,可后来慢慢频繁,并且持续时间越来越长。那天我很不舒服,一个字都没写,但我把之前写过的都读了一遍,我几乎记不起那曾是我经历过的事情,它们读上去好像一篇虚构之作,而我与作品中的那个艾摩希侬丝生死与共。

两天后的清晨,我还在睡眠之中,飞蚁 U 和飞蚁 V 攻击了我的臂膀。我睁开眼睛，看到臂膀在慢慢地变成两根白骨，我意识到自己快不能书写了，可我还没有写完，我要比以往更抓紧时间才行——

> 事情就是这么匪夷所思。我无意间发现这房间变得有些不一样了：以前窗帘的褶皱在底端会微微向左歪，换洗之后也歪，如今却不歪了；以前窗户上有一道印痕，如果将双眼正对它，它本该跟花园的红色石墙顶端相重叠，而如今这道印痕却高出了那顶端三毫米；还有书架第四排第十一本书的位置原本有一条模糊不清的刻纹，看上去像只黑色的蚂蚁，如今也没了……

上午九点，飞蚁 W 和飞蚁 X 吞噬了我的前臂，但我的手腕和手指还能活动，只是我的呼吸困难症状变得越来越频繁而持久。

正午十二点，飞蚁 Y 和飞蚁 Z 开始吞噬我的手背。就在此时，我看到大门的门缝处透出了焚炽般热烈的金光，而缝底还有个长条形的影子。

一定是 A 医生，他终于来了，他一定是来告诉我，我造出了新的幻境，他将把我留下来为他所用，并把我的父母也接来，他们将与我从此再不分离。

我拼命地喘上了一口气，满心欢喜地迎接这一时刻的降临，我敢肯定，未来必然如天堂般明媚灿烂。

CHAPTER 12

墓
CHAPTER 12

一年半后，我们的研发有了初步的成果，共剥离出三十六种幻想因子并将其调和，体验者服用过这种新型幻境剂后，确实可以像艾摩希依丝一样造境，只是效果不太理想。

我也服用过一些配比不同的样品，在一个幻境中，我和女友潘迪莱拖着巨大的行李箱来到一座名叫尤塔塔的火山岛度假，我们在参观岛内博物馆时不小心走散了，我找不到她，却在博物馆展览的一部关于潘家族文化的手稿中发现了她的画像，我便落荒而逃；而在另一个幻境中，我的头上长满了湿乎乎的青苔，身穿一片落叶大衣站在一口枯井的底部仰望夜空，我听到砰啪一声，随之看到烟花的金色碎片零星坠落，我回忆着自己如何在春天的枝头第一次睁开眼睛，如何用绿色的茎脉在夏日收集雨水和阳光，如何在秋日果实糜烂的香气中醺醉，又如何在寒风中打了个滑，落到了今日的处境，我一再回忆、一再回忆，回忆总也停不下来，无休无止；而另一个幻境中，我把烟头弹到窗外，油门直踩到底，只见警车闪动的红蓝灯光在我的后视镜中愈驱愈近，钻进车里的风叫嚣着索命的笛鸣，我血液沸腾，我想把所有人的脑袋打开花，不为什么，但我知道我一定会这么做；而另一个幻境中，只有米粒大小的我长出了金属色的细长翅膀，我手举蒲公英漫天飞舞，从这里飘到那里，从那里飘到这里，最后我在一座圆形小广场的钟楼指针上逗留了片刻，我望着钟楼之下的熙攘小镇，一念不生。

我们的研发团队不断进行试验，公司陆续把一些配比效果较好的样品推入市场，即后来的三·一代、三·二代一直到三·二十四代，这二十四款幻境剂都不完美，并无优劣差别，仿佛只是拥有着不同的性格，于是被年轻人戏称为十二属十二星。我那时并不认为我会在有生之年找出三十六种幻想因子的完美配比，因为我比任何人都知道那有多难，那就好比要在一片广袤的森林中找到一枚正面有七颗露珠、反面有三颗露珠且每颗露珠内都含有五粒花粉的叶片。所以后来的成功显得很不真切——那第四代、第五代魔伊幻境剂以及它们造成的一系列连锁反应都很不真切。

有次采访中主持人问我，"听说您当初对研发并不抱信心，是这样吗？"

"基本没什么信心。"

"那您靠什么坚持了下来？"

我想了想，"不知道你有没有看过那个报道，讲的是一个妇女买彩票，两古森一注，头等奖一个亿，她说她从十几岁就开始买，一期不落，快六十岁了中了头奖，但她说，在过去的四十多年里，她感到最幸福的时刻就是每次开奖前她幻想自己该怎么去领奖，又该如何去花那笔钱。你说她对中奖抱有信心吗？她为什么会坚持那么多年？"

主持人笑道,"她买的是一个梦,坚持的是一个梦,一个美好的期待。谈不上有没有信心。"

"我也是,魔伊幻境剂就是我大学时代的梦,是我的一个期待。我有个朋友说过,执著梦想本身也是一种努力。"

"那您当初有没有想到魔伊幻境剂会复兴文坛?"

"一开始并没有,"我在皮沙发中挪了挪僵硬的身体,"但第四代发售之后,我们收到了很多反馈信息,发现服用药剂前恰好看过电影或读过小说的人所造之境尤其精彩。那些看过电影的人说,幻境的画面就是有些死守电影的场景,但看过小说的人却说,这才是打开魔伊幻境剂的最佳方式。"

"所以您就预感出版业会复兴,及时跨入了出版领域,还购买了许多图书版权,将公司名称改成了魔伊科技图书药业?"

"不止这些,在那之后我们推出了第五代,把纵向时长控制在十二个小时来配合图书一起发售,不过大家也可以在我们网站购买到时长更长或更短的幻境剂。偷偷说一句,其他款卖得并不好。"

主持人咯咯笑了,她短发两侧的珍珠耳坠轻盈地晃动着,之后她的眉毛微微一扬,那表情看起来倒有几分像安奈洁,"可是看一本书需要花很长时间,这不会影响魔伊幻境剂的销量吗?"

我正色道,"完全不会,我听说有些人在购买图书后会多买几瓶幻境剂,看个三五十页就服用一瓶,比较后文的情节发展和自己造的幻境,然后再看三五十页再服用一瓶。每瓶药剂的人物视角不一定相同，挺有意思的。现在也有很多这样的网站，大家约定读同一本书，然后再彼此分享不同的幻境情节和结局。"

"目前也有作家坦言，他们在创作过程中遭遇阻塞、不知道后续情节该如何发展时，也服用幻境剂来寻找灵感。我甚至听说几乎所有作家都在这么做，只不过有些不愿承认罢了。您对这一现象有什么看法？"

我耸了耸肩，"每个人都有自由选择的权利，为什么作家就不能享用幻境剂带来的好处？"说着，我扫了眼墙上的时钟。采访结束后我还要赶去父亲的墓地一趟，本来今天是父亲的忌日，家里人都去了，可恰巧我助理上周出了点故障，结果把这周的行程安排得乱七八糟。如果安奈洁还在，她一定会觉得这是我可鄙的借口，可惜，她没有来得及看到我成功就故世了，而我对此一直感到遗憾。

"有件事我很好奇，请问 A 先生，您读完小说后会服用魔伊幻境剂吗？"

"会，当然会。"当然不会，因为自从第四代幻境剂推出后，我便对它彻底失去了兴趣，可我仍笑道，"……我还自掏腰包在官网上购买我们的幻境剂。在这里我还要提醒大家，请你们也通过正规渠道购买我们的产品，那些假冒伪劣的幻境剂即便能让人造境，可你们要知道，那是没有经过试验和检验的药物，可能会对身体有副作用，我们公司就曾在这件事上栽过跟头。"

"您指的是当年被召回的第三代魔伊幻境剂吧？"

"对，所以我一直跟员工们说，只有正视那段不光彩的历史，才会给我们新的动力。"

采访到下午快三点才结束。在去墓地的路上我联系了蔓如，蔓如说大家已经走了，她之后也有事，不等我了，她说她在墓园管理处留了一束荼蘼花，我过去后领了盖到墓碑前就可以。

午后的阳光炫目而刺热，照耀着安静空荡的墓地，层层林立的墓碑像一本本合上的书，有融融的金光映在那岿然不动的黑色封皮上，仿佛折射着故去之人依稀遥远的隐秘。当我走近父亲的墓碑时，我恍惚看到有什么人正坐在一张长条木椅上，还冲我这边挥了挥手。我仔细瞧向那里，好像是哥哥。我把那束白花匆匆放在墓碑前，三步并两步朝他走去，一边走一边说，"你怎么还在这里，他们不都走了吗？"

"我在等你，给你送东西。"说着，哥哥从长条椅上站了起来，开始掏摸衣兜。

我笑道，"干吗不直接给蔓如，或者去我家等我？"

哥哥掏出两瓶药剂递了过来，"还是直接给你比较好，其他地方也不方便。"

我忙接住托在手里看了看，故作好奇地问，"你们的新款药剂？什么类型的？"

哥哥移开目光，张着嘴没说话，又上下摸起了衣兜，掏出一支烟来点上了，"是……艾摩希侬丝的幻境，A瓶时长四天，都是她在写东西，B瓶就一两分钟，不过我得提醒你，那个B瓶里你……"

我想起了什么，"B瓶里我死了？"

烟头上的橘黄色火光亮了一亮，哥哥缓缓把烟从嘴边拿开，"你不想看B瓶就别看吧。"

我把两瓶药剂握在手中颠来倒去地瞅着，满心奇怪，"你是怎么得到它的，艾摩希依丝现在怎么样了？"

"死了。"

"什么时候的事？"

"很早以前了，就在父亲去世前没多久。"

"她是怎么死的？这东西到底哪儿来的？"

哥哥摇摇头，吐出一口烟，"A，虽然时局不同了，但很多事情还是不方便讲。"可哥哥看我仍在等他的解释，只得接着说，"艾摩希依丝当年是我们接走的，父亲知道，你妻子也知道。接走她是因为军方与我们合作的一个研究项目，不过他们很快就发现艾摩希依丝并不适合那个项目，于是决定给她注射安乐死。"

"要让她死？"

"那时候她已经又聋又哑、下肢瘫痪了，是个毫无用处的残废……但就在注射安乐死的前一天，她被另一个研究项目要走了。"

我感到喉头在缩紧，胃里翻出了阵阵酸液，"什么项目？"

哥哥顿了顿，"……研发一款比安乐死更安乐的药剂。"

"你是说天堂剂。那不就是父亲临死前一直都很关注的那款药剂吗？你的意思是，艾摩希依丝最后又转回到了你手中。"

哥哥干咳了一下,皱着眉头看了看手中的烟,好像对它的味道并不满意,"她的情况你了解——危境和希望,既然她得死,那么在死亡的过程中,她很有可能会希望自己进入天堂,那她就有可能造出一个让人身临其境的天堂。"

"可安乐死并不会让她感到危境的存在。"

"说得不错,所以我们用以前秘密研发的一款窒息类毒剂替换了安乐死,不过你相信我,并不是特别痛苦,发病是间歇性的,两周慢慢死去,有点像卡奇拉病。"哥哥把烟头摁灭在座椅旁边的垃圾桶烟盘中,"不过实验失败了,我当时就告诉过父亲,没有天堂。这些药剂本来应该销毁了事,但销毁时我们遗漏了一组,那一组登记的是给父亲服用了,原本是他要我带回去给他的,只是最后没赶上,我就放了起来。我一直觉得会在哪天把它们交给你,可因为这都是机密,我给你的话你肯定要刨根问底,当时就没给,不过最近艾摩希依丝那些资料的保密级别降了,我就给你带了来。"

"竟然是你们杀了她……你和父亲……"我望着哥哥,"你们说弄死一个人就弄死一个人,还能这么心安理得。"

"行了A,别这么瞪着我,再说让她死的又不是我,我不过是改变了她的死法而已。你以为我想干这些事?把我推到这条路上的人现在就躺在这儿。"哥哥扫了眼父亲的墓碑,淡漠的脸上现出了一丝嘲讽,我从没见过他的脸上有过这样的表情。他又掏出一根烟点燃,"A,我一直都很羡慕你,你可以远离罗特药业。"哥哥跺了跺脚上的土,"父亲真的是更爱你，也许我一直想把这些药剂交给你也并非出于什么好意，我自己都说不清是为了什么，但请你不要怪我。"哥哥低头苦笑了两声，然后拍了拍我的肩头转身离去，他指尖夹的那支烟在身后拖出了一条长长的、飘乎乎的尾巴。

我把车里的冷气开到了最大，可依旧压不住胸口的狂热跳动，我汗涔涔地攥着药剂回到家，一路上都没松手。A瓶四天，得先剪切，不然的话我就得去找个封闭体验室。但车刚开进院门时我突然改变了主意，让司机掉了头，命他改去高幕郡四段我以前的那个家。我想到可以用艾摩希依丝的那个疗养病房作为体验室，如今那边只留了一个仿真人管家，倒是很方便。

车临近大门口时，我却远远看到蔓如的车也在，心中不觉蹊跷，怪不得她今天说有事不能在墓地等我，我还以为是哥哥故意支走她的，这简直太荒谬了，难道她在跟什么人……我令司机把车拐到花园石墙那边，准备从后门进入探看究竟。在花园中，我抬头望了望那一扇扇高大的窗户，我明知那些玻璃窗是特质的，从屋外根本看不到屋内的一星半点，可还是忍不住望了一望。窗户上映着一团团血红的晚霞，晚霞的边缘漾着一层乌青。

我从后门走了进去，从阳光房到了餐厅，又从餐厅到了客厅，都没见人，我便直接往楼梯方向走，背后却突然传来声音——

"先生您回来了，我去通知夫人。"

我被管家吓了一跳，忙转身止住她，"不用。"然后悄声问,"夫人呢?她跟谁在一起?"

"夫人在茶间会客。"

"会谁?"

"我听夫人叫她卢雅。"

居然是她。

我不禁又惊又喜,"她丈夫来了吗?"

"就她一个,都来了好一会儿了。"

"知道是为什么事来的吗?"

管家摇摇头。

我沉吟了几秒,摆摆手,"你下去吧,就当没见过我。"

管家走后,我蹑手蹑脚走到了茶间门口,只听茶间那边传来一阵声音,有人正走近拧动着门把手。门开了,我一个侧身藏进了隔壁的另一间屋子,那是当年B的游乐室。

我听到了卢雅的声音,"那就拜托您,拜托A先生了。"

"你放心,我会跟他说的。"

"本来真的不想麻烦你们,只是我想那事都过去那么多年了,这才冒昧来打扰。要不是为了孩子,我也不敢来给你们添麻烦,我知道你们都很忙。"

只听蔓如又说,"等有了消息,我就通知你。"

"哎,不管有没有消息,都请您通知我一声。开学典礼是下下个月的二十号。"

"我知道了,我们尽快帮你找他。"

找他?找Z吗?我听到她们的声音越来越远,然后是一阵关门声,这才从游乐间走了出来,见蔓如往这边走,我问道,"卢雅怎么会来找你?你们还躲这儿来见面。"

蔓如尖叫一声,看到是我才拍着胸口说,"干吗吓我,你怎么会在这儿?你来这儿多久了,该不是在跟踪我吧。"

"她想要我帮忙找Z吗,Z怎么了?"

蔓如皱皱眉头,"听到了还问我。她的事情咱们就别管了,当初都是因为他们……"蔓如一边说着一边回到了茶间。

"当初?"我跟进茶间冷笑道,"柯蔓如,当初你明知道艾摩希依丝住在这儿,你还背着我告诉父亲,当初是哥哥把她接走的,你桩桩件件都知道、都参与了,却什么都没告诉我。"

蔓如突然扭转身瞪大眼睛,"你怎么知道的?"然后又叹了口气,"我还不是为你好。"

"为我好?现在卢雅找你,你把她约到这儿还不是为了避开我,以前的事我不想跟你计较,我现在就想知道她今天找你为什么事。"

蔓如拖开椅子坐了进去,给自己的杯里续了些茶,"也没什么事,就是请你帮忙找找Z。你就别理了,你以前答应过父亲不再联系Z,他们也答应过不再联系我们的,我就是觉得她可怜才见了这一面,敷衍敷衍就算了。"

"你是说Z不见了?那她有没有报警?"

蔓如喝了口茶润了润嗓子,"有倒是有,但就是没消息。"

"什么时候失踪的?"

墓

沉默了一会儿，蔓如才淡淡地说，"发现他失踪是最近的事。"

"这些年他们到底怎么样？"我急道，"你快说啊。"

蔓如放下手中的杯子，神情显得有些倦怠，"卢雅说，自从Z离开公司后就被吊销了行医执照，业内名声又不好，根本找不到合适的工作。你想，他除了做医生搞科研他还会什么，那些一般性的工作连仿真人都能做，做得还更好。Z就情绪很坏，成天在家里摔碟打碗，找茬就跟卢雅吵架，还骂女儿。卢雅就跟他提出了离婚，卢雅说，'他倒也没含糊。'"

"果然是离婚了……后来呢？"

"她们搬回了以前那个区，头一两年Z还时不时去看看女儿，卢雅说他样子落魄得很，再之后就不去了。卢雅本来想着，这样也好，大家安心各过各的，可一转眼孩子都上大学了，要说她女儿也可怜，比B大四岁，要不是因为家庭变故也不至于现在才读大学，卢雅的意思是希望开学典礼那天请Z一起参加，可发现怎么都找不到他。"

我心里有种不祥之感，"会不会不在人世了？"

"我也这么觉得，连警察都找不到，估计是不在了。你也别费那个劲，到时候我就跟她说没找到。"蔓如又转了口气，"你还没跟我讲你今天怎么会到这儿？"

我没理睬蔓如，转身就往花园那边走，她仍在后面嚷着，"你还没回答我呢，你这是去哪儿！"

我紧攥着兜里的那两瓶药剂，现在，我不再有所顾忌了，我要找到Z，我想找到他，我还要把这天堂AB瓶复制一份，就像以前Z等着我体验幻境一样，这回我等着他。

然而直到卢雅女儿开学典礼那天，我也没能打听到Z的下落，连他在不在人世都无法确认。卢雅看着典礼台上女儿的身影，一手抚摸着脖颈处硕大的项链坠子，一手轻轻捋了捋鬓角处服帖的头发，"算了A，你也别再找了，他要有点良心还记得自己有个女儿，他会主动来见我们的。你那样查都查不到，我想他多半是……"卢雅把头转向我和蔓如，微微笑了笑，"不过谁知道呢，也许是他成心躲起来了吧。"

可我仍不死心，又找了半年还是杳无音信，而我越来越不想独自体验艾摩希侬丝的临终幻境，我发觉其实这段时间我一直在用Z作挡箭牌，好像只有找到他，艾摩希侬丝的死才与我不那么相干。于是，我把早已复制好的几组天堂AB瓶存了起来，决定再等上Z一年。

日子就这样一天天过去，毫无变化，沉闷无聊。一天，母亲要我陪她走访斯莱姆区，说她希望能再资助区政府建一所小学，我便答应下来，心想，我到那儿可以顺便去查查Z的下落。

第二天清晨五点，我和母亲坐在了车上，年近八旬的她一身整洁朴素，正在闭目养神，她的腿上搁着一本经书，双手搭叠地扣在上面。我记得母亲曾说过她以前并不信教，但从我记事起，她每天都会花一小段时间阅读并抄写经书，几十年如一日。我想当初一定是婚姻带来的巨大财富令她惧怕，她担心这背后会有一个命运的陷阱，会让她在不久的将来陷入人生极端的悲境，她便开始致力于慈善事业，开始信教，希望这些能为她的丈夫、儿子和自己换来福祉。不过后来母亲真的喜欢上这份事业，并一直坚持到现在。

我和母亲忙了一天，双腿都跑酸了，下午五点多才结束。区政府官员把我们安排到一家环境还不错的宾馆，"这儿离区政府大楼很近，这个地段很安全的，不过为了保险起见，晚上最好别出去，白天是没问题的。"于是我和母亲在宾馆吃过晚餐后，早早互道了晚安，母亲说，"明天我都是开会，你也不必陪着，好好休息吧。"

第二天我醒来时已是九点半，洗漱完毕吃过早饭，我便对助理说，"咱们去阿达路一趟。"

助理道，"我们现在就在阿达路上。"

"是吗？"我感到这巧合是个吉兆，"这儿以前有家精神病诊所，大概是十年前，你查查，在哪栋楼的C套室。"

"是不是精神病介入治疗诊所？在2985号楼C套室。九年前就不在了，现在是家牙科诊所。"

"远吗？"

"出去后右转走十五分钟就到了。"

当我拧开C套室的大门，前台服务人员站起身来说道，"请问您贵姓？是否预约过？"

"没有。"我走过去，不由自主地看了看台上的一叠名片，拿了一张揣进兜里。

服务人员将一个屏幕递给我，"请先填下表格，是谁推荐您来的？"

我没有接屏幕，"我想打听一件事，你知不知道诊所以前的老板现在在什么地方？"

服务人员笑道，"我们的老板一直就没换过。"

"我说的不是牙科诊所，是你们搬到这儿以前的那家精神病诊所。"

服务人员仍旧保持着灿烂的笑容，"这个我们就不清楚了。不过如果您有什么牙齿方面的问题，欢迎再来。"

其实我对到这儿打听消息本来也没抱太大希望，对这答复自然也没太过失望。从C套室刚一出来，就看到B套室门口有一个五十岁左右的妇人斜倚着门框望着我，她的一只眼睛是用晶亮的玻璃珠做成的，从眼眶中凸出来。

"是找人吧？请进。"她一面说着，一面拨开串着铜钱的挂帘。

我看了看门框上的方形扑克砖和门顶处怪诞的八边形仪盘，才想起这是一家占卜算命店。"试试看吧，反正别的法子也找不到他。"我一面想着，一面跟着她走进门，到了内室却有些惊讶，原来这儿内部的装修并不像门口看起来那么诡异，反像个普通人家的客厅，还连通着一个开放式的厨房。炉灶上正坐着一锅汤，咕嘟咕嘟直冒烟，那汤闻起来浓郁异常，带着炖肉和药草的香气，后味却有一点古怪的臭涩。

"找你的一个老朋友？老同学？"

我嘴里没应声，心中倒有点佩服这妇人。

"他叫什么名字？"

墓

"Z。"

这回倒是她惊诧了,只见那只玻璃眼珠几乎从撑开的眼眶中滚出来,"该不会是……"她用戴满戒指的手指了指隔壁,"好多年前的那个?"又指了指脑袋,"头发都没了的那个?"

"对,就是他。你知道他现在在哪儿吗?"

那妇人搓了搓曲皱的手掌,咧着一口金牙笑道,"这就好办了,不用你跟我形容那么多了。"说着,她趿着双橘色的丝绒便鞋摇摇摆摆地走进了厨房,那一身垂及地面的紫绸绣金宽袍闪着薄脆的亮光,仿佛一沾火星就能倏忽烧成飘荡的粉末。

她在那宽口锅前折腾了一会儿,又打开一扇橱柜取出了一包包长方的牛皮纸袋,嘴里念念有词,"沼地蟒、蝾螈目、蛤蟆趾、蝙蝠毛、恶犬齿、腹蛇叉、蚯蚓刺、蜥蜴足、枭鸟翅……"她从袋子中依次抓出一小撮往锅里放,锅里发出乒乒乓乓的小小爆破声。那妇人又取出一管底部镶有青铜雀爪的灰色琉璃瓶,瓶口对着汤锅,用指尖点触着瓶身,"再来点曼德拉草末。"接着,一团青烟随着嗞啦一声喷涌而出。

等那团烟散了,我走过去勾头往锅内瞧,只见那里面正滚着黏稠的绿色浓汤,鼓着好多水泡,渐渐地,汤面上的泡开始融合,越变越大,聚成了一个滑动着水样薄膜的半球状。我看到泡上浮现出一个人的样子,是Z的样子,只不过他还有头发,脸庞还有些消瘦。我仔细辨识着,那好像是他大学时候的样子。我正要指那水泡,泡却碎了,变成了一堆小泡颠三晃四地随着汤水起伏。

"多少钱?"我转脸盯住那妇人。

那只正常的眼睛眯成了一条缝,缝隙处有道贼贼的光,随即又恢复了原状。那妇人笑着伸开手掌,"50000古森。"

助理付过账后,锅里的那些泡果然又开始乖乖地汇聚融合,我再次看到了Z,他正穿着一身浅蓝色衣裤,手里端着托盘似乎在排队领什么东西。"这是哪里?"

那妇人摇头,"不知道,但据我感应,那是一个非常态的世界,非常人的世界。"

我又盯着那个泡,只见Z目光呆滞,手中的托盘里有一个塑料小盒子,那盒子正好随着水泡的滚动移到了顶端,我看清了,盒子里面是大大小小红黄蓝绿的药片。

"这是医院?是精神病院……"我对那妇人急道,"快告诉我,这是哪家精神病院?"又一面对助理说,"快查所有精神病院,看看Z到底在哪家?先查那些福利性质的精神病院!"

那妇人却示意助理先别忙,"我想你们这样是查不到的,如果这么容易的话你早就该查到了,何必找我帮忙。他还有没有别的名字?我估计他入院时用了别的名字。"

我沉吟半晌,继而对助理嚷道,"你去查,查兹波拉。"

※兹波拉的遗书※

真有你的,还是被你给找到了,不怕你笑话,我总得活下去啊。这馊主意可不是我出的，是我诊所隔壁一家算命店的独眼女人想出来的。她很早以前借过我6000古森，我本来也没指望她还，可后来我的境况不同了……那天我找她讨债，她非要用算命抵还，还把她在臭肉锅里看到的我的未来告诉我。我不信她那套，她只是耍些小伎俩、用些障眼法而已，最后我硬是让她还了5000古森才了事。

但她那主意还不赖，1000古森也不算打水漂，我真装成了精神病人才活到现在。可最近我被诊断出患了卡奇拉病，发病时老呼吸困难，听说得这病的人都活不过两周，所以我很想给你写点什么，权当跟你说说话。

是啊，每次想到你，我都会想到我们的大学年代，青春时光，想到我们毕业时的那个夏季，想到夏季夜晚拉科克酒吧中的畅言欢笑。那时不论遭遇什么，我都感到精神抖擞、力量充沛，觉得我的未来即使不那么耀眼夺目，也肯定朗烈扎实。

可精神病院的生活是看不到任何希望的，我当年好不容易才混进来，又怎敢轻易离开？好在我最熟悉封闭妄想症病人，这病也比较好装，我让妄想的症状一年发一次，每次只持续一天而已，算是给精神病院一点面子。我之前住在三人间，设施不错，每天都有护士来送饭送药，还会定时播报新闻，我敢说都是因为你我，这些封闭妄想症患者才能有这么好的待遇。但我只能待在病房,不能像其他类型的病人轮批去小院子放风,也不能使用任何视频设备和网络通讯设备,实在也闷得慌。刚开始为了解闷,我还研究过两个室友,但他们哪能比得上艾摩希侬丝。

不过我也差点露馅过,那时有一些公司跟这家精神病院合作,主要是为了收割幻境,看能不能找到像艾摩希侬丝一样的病人。我刚入院时就留了个心眼,假装自己造的境很无聊而且总是一模一样。可也不知道为什么,几年后的一天,他们也给我戴上了沉重闷热的头盔,从早到晚顶着那玩意儿真是不舒服,我肠子都悔青了,我之前怎么让自己的病发得那么规律?但我不敢不造境,不造会显得异常,会引起人注意。于是一天晚上,我蒙在被子里偷偷把头盔拆了,花了一分钟,没骗你,一分钟,就摸黑改装了探测器,我当时就想,等我将来见到你,我一定要把这事讲给你听。我戴上头盔后就装出开始造境的样子,第二天下午,工作人员就冲进我的病房把头盔摘了,他们一查,果然是头盔出了问题,还说难怪看不出有幻境。可要等我下次造境又得一年以后,于是作罢。

但在你研制出第四代魔伊幻境剂后,医院就再也看不到戴头盔的病人了,资金来源想必也大大减少,所以封闭妄想症病人的待遇就一降再降。我被分去了十人间，其中两个人还不是封闭妄想症患者，饭菜供应也大不如前。我们每天得排队去食堂领饭，去水房喷凉水澡，去药物处领药。这些年吃的药可真不少，好在多半只是些带有镇定成分、营养成分和安眠成分的药，我数了数，十一片里七片上面都印有LT.的标记，足见你们罗特药业承接政府订单的力度。不过听说你早把罗特药业的股份卖了，全部投入到了切斯，外面的人一定说你傻吧，可我要说你有魄力，这是那些只懂赚钱的人做不到的。A，你有些变了，性格变得强硬了，对于科研来说是好事，也难怪你最后功成名就。可我该不该为你祝贺？

我之前听说你提取出了三十六种幻想因子，但要得到完美配比几乎是不可能的事，我当时就想，若你这一生都没配出来，你心中虽有不甘和遗憾，但你不会失落，因为对它的追求会永远支撑着你。可一旦你得到了完美配比，你以后该怎么办？你的人生可还能找到新的目标？到那个时候，你所能做的会不会仅仅是维持你已得的，就像我现在所能做的也不过是维持我已得的。

其实咱们都没有艾摩希侬丝幸福，你不必太为她的事内疚，我住在这儿时常常想，假使我们当初没有接走她，她父母将来过世，她最好的出路也不过和我现在一样，她所得到和所要维持的也不过是一口饭一张床而已。在你那里就不同,她很喜欢住在那儿,假使有一天你让她选择是和父母回到地下公寓,还是留在你那里制造幻境,她不一定会选择离开。①我相信她在你那里会过得很好,你会好好照顾她,以你的性格,你大概不会再采集收割她的幻境,可我仍旧好奇,好奇她又造过什么样的境,好奇她最后会是什么样的结局。我当年离开公司的时候还担心如果将来艾摩希依丝死了,你该以什么名义把她安葬,不过我又想,你父亲一定会帮你安排好一切的。

我还记得在艾摩希依丝的天幕国B瓶中,"你"让她证明自己是"人",她便想着要去寻找一个属于"人"的危境、一个属于"人"的希望,并且要寻找一个"造境"以外的行动。

这些年闲来无事,我也常思索那会是什么,我想不出来,但就在最近的几次发病中,在我的身体与精神一天不如一天的境况中,我好像体会到了艾摩希依丝要追寻的东西。因为我感到我就要这么无声无息地死了,死在一个你们都不知道的角落,我再也等不到你来,等不到你把我带出精神病院,等不到我们白发苍苍时坐在里奥尼诺姆大学的拉科克酒吧快意人生,等不到我们在酒醉神迷后走进那些

---

① Z并不知道艾摩希依丝在传记中虚构过类似的场景。——A

墓

无星的夏夜痛饮新鲜的空气了。我将代替艾摩希侬丝住在这里，在这个被世人遗忘的玻璃瓶底，像一只干瘪的蜗牛死在其中。所以我找来了笔和纸，我希望在我死后，我现在写的东西能留下来，能作为一份遗书被院方保存，如果有人来寻，他们会把它交给来寻我的人。也许那个人不是你，而是卢雅，或是我的女儿，可我总觉得会是你。一定会是你。

当你打开这张纸，当你阅读它，我便会复活。而你又会把它交给卢雅，交给我的女儿，她们也会打开它，阅读它，而我将在这一次次的打开与阅读中复活。也许你们看过这之后会不屑地撕了烧了，那也好，至少我的生命在死后又延续了那么一小段同你们共在的时光。

所以，如果我是艾摩希侬丝，我定会在临死前造境，危境便是死亡，那希望或许是天堂，或许是永生，或许就是我这样的一次次短暂的复活。如果你看到这封遗书时艾摩希侬丝还活着，你能不能在她临死前采集收割她的临终幻境，就当是为了我？如果你将来祭拜我，请带上她的幻境，我曾经的梦想将披上青春的外衣在地下苏醒。

CHAPTER 13

HEAVEN BOTTLE B

当我第一百次从A瓶中醒来时正值炎炎午后，我感到口干舌燥，耳朵发痒，胸口憋闷得厉害，浑身上下似乎都在溃烂，我抹了抹额头上的一层汗。可还能怎么办，我之前什么方法都试过了，可根本无法随着艾摩希侬丝的临终幻境用准确的动作清楚写下《幻境之镜》，我只能一遍遍服用A瓶，把自己当成她，在幻境中记住她写的每个字。

天可真热，也许是幕沿郡什么地方的天幕屏又被人戳碎了一块，但也许只是这房间的冷气坏掉了，所以才像一座熊熊燃烧的火炉。我拽了拽黏在胸口的衬衫，还来不及活动下早已酸硬生疼的筋骨，便一把抓起稿子，一口气添了两页多的内容，又从头至尾细细检查一遍，改动了几处原先记错的地方。

蔓如一直以为我对幻境剂上瘾了，她认定我迟早会因过量服用而发疯，并几次三番阻拦干涉。好在我之前给保险柜安装了联动报警装置，要不然，那几百管AB瓶差点就被她销毁干净。那回我跟蔓如大闹了一场，威胁她如果再敢起相同的念头，或敢将此事背着我告诉哥哥，让他来劝我，将来我死了会把所有财产都捐出去，一分钱都不留下。然后，我又将那些药剂分别藏在了不同的保险柜，仿佛一个悭吝成性的守财奴，狡猾地护着自己的宝藏。

当然，我也退让了一小步，我并非不知好歹，蔓如毕竟是为了我好，所以我也答应她——每晚喝一瓶撒百思，每周跑一次步，每两周去一趟公司，保证作息正常。好在公司这几年一直运转良好，不曾遭受过什么震荡和危机，B还没毕业就开始参与一些事务，现在逐渐接手管理，他脑子灵活，想法又多，好些事情我都不再亲力亲为，说真的，公司交给他我挺放心。

想到这儿，我搁下了笔，一边按压着涩仄的手腕，一边站起身走到窗户边想放松放松眼睛。当我望向窗外的花园时，我忽然看见窗玻璃上的那道浅浅的印痕，便微微屈膝弯腰，将双眼正对它，然而，它并非如艾摩希依丝的自传所述，它并没有与花园的石墙顶端相重叠，而是高出了那顶端三毫米。我一时惊诧，退后几步去看那两边的窗帘，窗帘还是以前那副，只是些微褪色，我观察着底端的褶皱却发现它们也并不向左歪。疑惑之中我又走到那座书架前，细细地在第四排横梁上检查了好几遍，更没有看到什么蚂蚁形的刻纹。

我一面回到病床上重新坐下，一面思索着。我的食指和中指在微微抖动，不知是最近写字写太多，还是因服用幻境剂所致。B瓶立在床边的小药架上，立在躺倒的A瓶右边，可我不想碰它。干吗跟自己过不去？我这么努力写下她的传记，可她的传记中究竟哪些是真的，哪些又是假的，我把它们写下来又有什么意义？我感到一阵懊恼，想下楼喝点茶放松放松心情，顺便看看蔓如今天有没有来这边，如果她在的话就跟她聊聊天，我也可以少去想这些事，而且我还得查查邮件，说不定这几天公司有什么情况非等我来处理不可。

然而另一个声音又在说：这B瓶你又不是没喝过，到底在怕什么，干吗每次都这么推三阻四，公司哪有事情急到连这短短的一分钟也等不了，还是你根本就不愿遵守对自己的承诺？

我重重地叹了口气，强迫自己拿过B瓶拧开了瓶盖，闭上眼睛仰脖灌进肚中……

……我再次回到了疗养院的病床上，有气无力地松开了金头钢笔，笔落下来滚出了纸面，直碰到桌上的按钮侧壁才停下来。我勉强撑起后背，努力提高嗓音对着门外啊啊呃呃，"是A医生吗？快请进。"可我也不知道自己究竟说了些什么，也不知道门外那人能否听懂我的话。

缝隙处金色的光线随着门的敞开愈来愈明亮，我喘着气，用那只剩了一半皮肉的手格楞楞地攥着病床小桌的边缘。在那炫目灼人的强光中，我看到了"我"——A医生。我心中雀跃，多希望"我"对我说，"艾摩希侬丝，你成功了，你造出了新的幻境，我今天就会安排你父母来，以后他们都和你住在一起。"

然而，我只看到"我"沉默无语地跨进了门，满眼悲悯而忧伤地走向我，朝我伸出手来。我也努力张开那只残破不全的手，意欲往前伸，手上半脱落的皮仿佛搁浅孤岛多年的一艘失事船只的帆，摇摇欲坠。可"我"的手擦着我的掌骨而过，经由纸面抵达按钮，然后抓住了那支笔。

我将骨肉模糊的手松了劲，喘着气问，"A医生……你要笔做什么？"我担心"我"听不懂我在说什么，便用手指了指那笔，我看见中指的白骨已然露出，好像一座教堂高耸而细窄的尖塔，晃动指头时，那只飞蚁险些被甩下。它张了张透明的翅膀稳住自己，接着架起黑色的双钳，一丝不苟地啃噬起无名指来，它是那么不急不躁、沉浸其中，好像正在创作一幅抽象的艺术作品。

我看到"我"说了句什么，说完后"我"的嘴唇有些颤抖，可是我什么也听不见。

而"我"望着手中的笔，用三根指头调转了方向重新握住，一把将闪着铜光的锋利笔尖猛地往胸口戳去。

我惊讶地看着"我"，看到"我"的眉头纽绞成结，嘴巴咧向一侧，"我"捂住了胸口，然而那里流出的却是白色的血，舔着衣角长裤往下淌，那流动的长舌在地上延伸舒展，不一会儿就干了，如铺开的纸张一般。

"我"的伤口外圈开始干结成石块，颜色也渐渐发黑，随后是前胸、腹部、脖颈、四肢……"我"的整个躯干都收成了一根细条状的石柱，而脖子上方的头颅却滚圆胀大，鼻子和额头高高隆起，将干硬凝结的头发挤在了脑后，眼睛却突出成蒙蒙的石膏状，没了明亮的瞳孔——一尊人首笔身的雕塑扎在了白色的血泊里。紧接着，那石雕浑身上下噼噼啪啪地开裂，碎成了黑色的齑粉摊撒一地。

"我"这是怎么了，"我"竟这样死了？可我还等着"我"把我叫醒，把我叫出幻境，把我的爸爸妈妈接来。可我又蓦然想到，幻境中的"我"又怎么可能叫醒幻境中的我，如果我醒不过来，那这幻境和现实又有什么分别？我到底在不在幻境，这一切会不会是真的，而那边界——幻境内与幻境外的边界又在什么地方？

镜子，对，我想起来了，边界就是镜子，我那本传记提到过它。慌乱之下，我把上身凑近手指，指骨戳到了脖子，将项链勾脱下来。可手中的链坠并不是那枚镜子，那个扁平的边界不知在什么时候已将自己翻转折叠，变成了一管小巧的金色万花筒。

飞蚁乍开翅膀，警惕地凑过去用触角探了探万花筒，感到没有威胁后又退回来继续啃噬我的小指。我用手心托住万花筒，一只眼睛对准了视镜，我看到里面是我的样子，二十岁，戴着头盔，我用小指的指尖轻轻碰触着筒身，一点点旋转它，那里面的我竟变成了尤尼克、葛蕾兹、Z医生、飞蚁、人首笔身的石像……

最后，那具黑色石像又变成了"我"，那是"我"三十五岁时，我第一次见到"我"的样子。

突如其来的惊惧中我再次喘不过气来，万花筒不经意间从手心脱落，刹那间解体，与周遭滚烫的光线融在了一起。那金光漫过病床桌子，漫过书架和书，漫过窗户房门，一边颠荡着，一边迷蒙模糊。

我还不能死，我还没弄明白这一切是怎么回事，我得赶快把它写下来，免得一会儿又忘了。可是笔呢，我想不起我的笔哪儿去了，我什么都想不起来了……我既茫然又恍然地望着我的手，暗淡下去的金光中，有什么黑的东西和什么白的东西交缠在了一起，正在化成灰烬的颜色。

　　那是迈向死亡又希冀着复燃的颜色。

|附赠·第五代魔伊幻境剂|

本书的一位作者是特殊的封闭妄想症病人艾摩希依丝,而另一位作者则是天幕国最著名的药剂发明家、魔伊药业的开创人A先生。两人的传记在书中交错叠迭,展现了魔伊幻境剂从无到有的一段历史及其背后不为人知的故事,书中虚构的幻境与真实的世界在两人的叙述中互相补充,互为倒影,既奇诡怪诞又迤逦跌宕。

※ ———————————————————————— ※

不知道该把这本书归入哪个门类,它时而非虚构,时而虚构,时而是传记,时而是小说,它是现实,是奇幻,它让世界在镜中呈现了不可思议的变形。
——《高幕郡书评》

真作假时假亦真,有为无处无还有。
——《炱栩周刊》

即使牢笼的倒影是另一座牢笼,我们也应当探入镜中。
——《理塔德先驱报》

有人说这本书关乎人性,关乎科学,关乎政治,但我说,这本书只是一曲写给文学的恋歌。
——李特瑞彻

你囚禁在果壳之中,发现自己并非无限空间的绝对之王。
——S

在这座奇巧的叙事迷宫中行走,是一场揭开皮肉的入骨之旅。
——兰瓦诺

上架建议:另类传记

定价:8000.00古森

合上封底后,我将《幻境之镜》一书轻轻放在了旁边,然后点开了电脑中的论文。

尤耐沃斯提大学
博士学位论文

科技药业与当代文艺复兴的关系研究

院　　系:语言文学系
专　　业:天幕国当代文学
研究方向:幻境文学
指导教师:瀛日芙　教授
论文作者:米叶诗卡

我正在细细读那封面,却听到室友在背后拖开椅子收拾着东西。

"还不去吃饭?天快黑了。"

我扭头说道,"不饿,再改会儿论文。"

她一面说着"我先去了",一面背着包出了寝室。

门关上后,我拿起了读书时做的笔记,旋亮了台灯,就着轻柔的光线随意翻了翻,看到了这么几行文字:

"第一代、第二代幻境剂来自于凡瑞泰尔镇Ａ瓶,第三代来自于天幕国Ａ瓶,第四代、第五代来自于尤尼克Ａ瓶、凡瑞泰尔镇Ａ瓶和天幕国Ａ瓶。"

我盯着笔记本上的诸多Ａ字陷入了沉思,原来市面上的幻境剂全部都出自Ａ瓶,而Ｂ瓶,那些充满了坍塌感和恐惧感的Ｂ瓶,充满了困惑与绝望的Ｂ瓶,似乎在有意无意间被遮蔽了,而这本书,恰恰写出了世人不曾了解的Ｂ瓶,让它们得以重见天日。

我抬眼看着屏幕,将"科技药业与当代文艺复兴的关系研究"那一行删去,改成了——

尤耐沃斯提大学
博士学位论文

Ｂ瓶的重现:幻境之"镜"

院　　系:语言文学系
专　　业:天幕国当代文学
研究方向:幻境文学
指导教师:瀛日芙　教授
论文作者:米叶诗卡

图书在版编目（CIP）数据

幻境之镜/麓麓著.-- 上海：上海文艺出版社，2019.3
ISBN 978-7-5321-7011-1

Ⅰ.①幻… Ⅱ.①麓… Ⅲ.①长篇小说－中国－当代
Ⅳ.①I247.5

中国版本图书馆CIP数据核字(2019)第024982号

发 行 人：陈　征
责任编辑：于　晨
装帧设计：居　居

书　　名：幻境之镜
作　　者：麓　麓
出　　版：上海世纪出版集团　上海文艺出版社
地　　址：上海绍兴路7号　200020
发　　行：上海文艺出版社发行中心发行
　　　　　上海市绍兴路50号　200020　www.ewen.co
印　　刷：上海盛通时代印刷有限公司
开　　本：889×1168　1/32
印　　张：7.625
插　　页：2
字　　数：152,000
印　　次：2019年3月第1版 2019年3月第1次印刷
Ｉ Ｓ Ｂ Ｎ：978-7-5321-7011-1/I.5605
定　　价：33.00元
告 读 者：如发现本书有质量问题请与印刷厂质量科联系　T:021-37910000